二魚文化

獻給這群不凡的勇者

Running Life
玩跑人生

曾文祺 著

Contents目錄

跑上運動史的偉大跑道

曾文祺

我曾在雅典親手撫觸過陳詩欣剛爲台灣拿下的第一面奧運金牌；我曾置身撒哈拉沙漠，見證林義傑完成人類史首度橫越撒哈拉壯舉；我也曾以很業餘的參賽者身分，在柏林馬拉松與衣索匹亞天王蓋伯塞拉西同場，那一天他締造馬拉松世界最快紀錄。

很慶幸，自己是運動界的一分子，雖然不是運動員，惟由運動核心所取得猶如陽光般的正面能量，不比選手們少。

很幸運，十餘年記者生涯至今，遇見了一些傳奇人物，還由他們的引導，帶我走到了超脫報導運動本身的境界，成爲傳奇的見證者，甚至有時候身分既是記者又是馬拉松參賽者。

我曾想過，將來老了，回顧記者生涯，腦海裡應該還能鮮活地流動過去夢幻般的經歷。但，我又不願只有這般咀嚼自賞的回憶。

「人生是一場牌局，會拿什麼牌，是命中注定的；如何出牌，操之在己。」印度獨立後的第一任總理尼赫魯這番話似乎指引了我一些方向。四年前，我開始認眞地架構這本作品的雛形。

於是，我把自己在場所見證關於運動傳奇的牌局，一頁頁的以說故事者的身分，寫出我的奇幻記者生涯。

當我告訴林義傑將撰寫這本書時，他開心「哇」了好大一聲，並說：「我好想知道你是怎麼看我的！」

當我向邱淑容說出要以我的觀察寫她重生的事蹟時，她很哥兒們地回說：「文祺啊，我的故事一張紙，四百字就寫完了。」陳彥博則是拉高音量：「天啊，文祺哥要寫我！」

能得他們的認同，並有幸站在一些締造人類史、運動史的現場以文字轉播世紀之舉，其實已超越當初我當記者時給自己的期許，我怎能不爲文書寫這些已根深我心的生命力呢？

我的記者生涯至今都是在採訪人，常是由旁觀者的視野穿梭在運動事件裡，卻少有被採訪的經驗。所以這本作品，還加添一部分對自己專訪的片段。我談觀察，說故事，自問自答間，竟是輕鬆與抒放，完全沒有採訪者與受訪者之間的拘束，這又是意外的收穫。

回過頭來，眞的要特別感謝二魚文化八年前毫不猶豫地幫我出版生平第一本作品後，幾年來又陸續的放膽讓我揮灑，包括這一回。

現在，我穿好了跑鞋，揹上背包，就請大家隨我來一趟奇幻之旅。

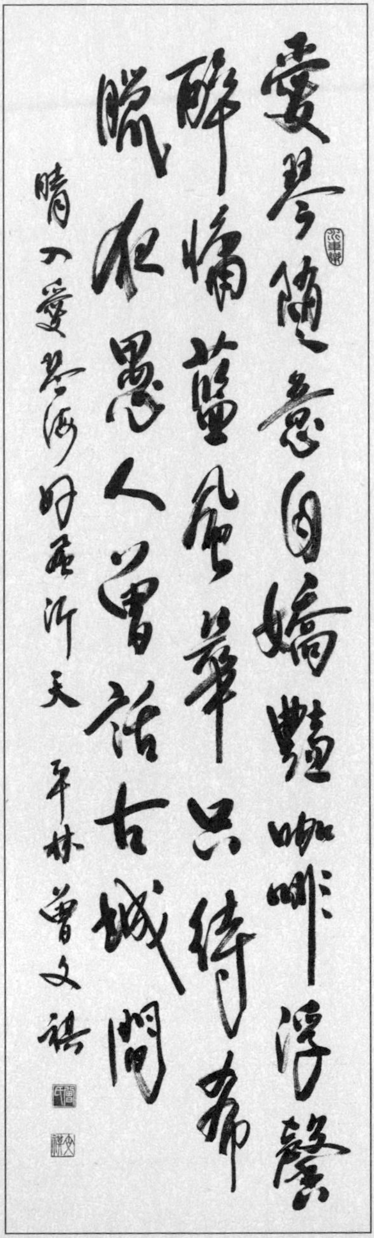

風華雅典

愛琴隨意自嬌豔，咖啡浮馨醉慵藍；
風華只待希臘夜，愚人曾話古城間。

曾文祺撰書

失去雙腳，還是要跑！

「超馬媽媽」邱淑容的另一場馬拉松

01

「兩年前我因受傷無法站上頒獎臺，甚至還得到超馬界頒給我的永久勳章——『截肢』。雖然遺憾，但我選擇面對與接受，也許這正是我人生中的另一場生命超級馬拉松，我已做好準備！」

——邱淑容

賽場上，邱淑容除了微笑，還有最後階段會拿出國旗展現身為「臺灣女兒」的另一標誌。（東吳大學提供）

「兩年前，我發誓，再也不想重回傷心地。但是隨著時間流逝，身心有了重建，很奇怪，漸漸的，懷念起改變了我人生及終結我跑步生涯的終點站，所以，我又回來了。」二〇一〇年八月二十八日，邱淑容從臺灣坐了十二個小時的飛機，回到了「縱橫法國十八天一一五〇公里越野賽」終點，向眼前的國際跑友們，說出了擱在她心中兩年的抑鬱與感謝。

這個地方差一點奪走了「超馬媽媽」邱淑容的生命，歷經了二年的時間，二〇一〇年，邱淑容再一次踏上法國土地，並且還是「站著」對兩年來一直心繫她的主辦單位及友人訴說：「讓大家擔心了，我現在很好！」

「站著」對一般人來說很簡單，但「站著」對邱淑容來說，卻是要從死神手中奪回自己的生命，然後再逼自己面對右腿截肢，左腳腳趾摘除的事實，接受腳已經失去了，再歷經義肢重建、每日長時間復健種種過程。兩年的時間，我們都看到了邱淑容重新練出了站著的能力，站著回到了法國。

看著身形嬌美，背影卻因爲堅毅性格而顯得巨大的邱淑容，我曾問

這張沙龍照差點成為淑容人生謝幕的告別照。
（邱淑容提供）

自己：「換作是我，我拿得出那麼宇宙無敵大的勇氣，去面對生命中最大的創傷嗎？」我覺得我可能做不到，聖嚴法師語錄中曾說：「面對它、接受它、處理它、放下它」。或許光是第一關的「面對它」，一般人可能都要花上幾個月甚至幾年的時間，我很佩服淑容只用兩年的時候就闖過四關，在過程中我沒有聽見她怨懟上天的聲音，我聽到的一直是淑容爽朗樂觀的笑聲，她的笑聲就像一顆勇者的種子，種在朋友們的心中，也包括我在內。

因為採訪我們先建立了選手與記者關係，再因為同樣都愛跑步，我們成為了愛跑族所說的「馬場」上（馬拉松賽場）、生活中的朋友。我記得認識淑容是在二〇〇六年二月臺北的「臺北世界盃二十四小時超級馬拉松」，整整二十四小時眼見她笑顏一路沒間斷直到比賽結束，這種磨人雙腳、磨人心志的馬拉松，多數人在幾個小時後會先磨掉笑容，而淑容卻是一路微笑跑完全程。

在南臺灣，跑友都稱她為「微笑天使」。她跑遍臺灣各地，她的笑容也跟隨散布到每個角落；愛美又很秀氣的她，是中鋼的職員，看上去根本不像「臺灣跑得最遠的女生」。她的友人賴瓊姿就說：「由辦公室看過去，誰都猜不出來那個穿得很時髦、水水的小姐，就是臺灣女子超馬最強的邱淑容！」

邱淑容之所以與超馬有所牽連，來自姊姊邱玟翠，曾經是國家奧運代表隊一〇〇公尺國手。只因爲有一個會跑步的姐姐，邱淑容一九九五年被中鋼趕鴨子硬上架，奉派參加經濟部舉辦的運動會，從此她多了一位叫「馬拉松」的朋友。

自從認識了「馬拉松」之後，她就愛上了跑步，經常清晨三時餘天色依舊漆黑，她便出現在澄清湖畔，而體貼她的另一半盧華傑，就以車燈照明道路陪她練跑。這種愛跑的習性成爲淑容生活的一部分，而甘心在一旁爲老婆照路的習慣也成爲盧華傑生活的一部分。

淑容最特別的形象，不單是一個愛跑步的女生，而是一個很愛美又愛跑步的女生，你猜，她每次跑完馬拉松第一件事是做什麼？那就是趕忙打開化妝包開始補妝，抹粉、塗口紅。「跑完也要美美的啊！」她總是這麼說。愛跑步的女生我常見，可是堅持要美美跑完全程的人還眞是少數，女明星開演唱會，幾小時內又唱又跳，可是ending時還是美得像一顆閃耀的星星，淑容就像「馬場」上最吸引人的明星。

淑容成功的秘訣：堅持到最後一分鐘

二〇〇七年四月，淑容與吳勝銘、林夢姬、黃衍齡組成臺灣代表隊，成功挑戰完成「希臘雅典七天六夜國際超馬賽」；九月底「斯巴達二四六公里賽」，淑容拿著國旗抵達終點，好成績連她自己都沒料到，竟為臺灣拿下世界女子第五佳績；十一月的「東吳國際超馬」，連跑二十四小時沒停歇，她跑出二二一．三七五公里臺灣新紀錄。一連串的優異成績都顯示，淑容已不是一個愛美又愛跑步的女生，她已稱得上是頂尖的超馬好手。

我還記得東吳賽後，淑容送我一段話：「『不可能』只存在於我們的想像中，人的潛力，必須靠逆境來激發。而成功的唯一秘訣就是堅持到最後一分鐘。」她說就是這份信念，讓她有辦法完成三大極限超馬賽事。

當時在斯巴達戰役，她碰上攝氏四十度的烈日猛送，殘酷的高溫考驗著她的生理與心理，偏偏她又因估算錯誤，無法及時拿到頭燈照明，傍晚時分獨自來到前不著村，後不著莊的荒野中。

第一屆泰雅馬拉松。

一如挑戰世界頂級的東吳國際超級馬拉松24小時賽（2007年）來到末段的身心煎熬期，邱淑容的招牌微笑從沒消失過。（東吳大學提供）

2005澎湖國際馬拉松女子總冠軍。

「我那時只好開自己玩笑，抬頭一望，還好月亮無國度，不嫌棄外來客，默默的陪伴我，原來孤獨的滋味是如此不堪，一向倍受呵護的我，初嘗被遺忘的感覺。此時如果跑出個什麼大野狼，大概只能倒地裝死，以求自保了。」面對曾經威脅生命的過往挑戰片刻，淑容還是可以這麼輕鬆地自嘲的面對。

而在四月的希臘七天賽事期間，她身體的蛋白質指數及血紅素持續下降，而肌肉受損程度一再升高，不過最後的結果，一如她的風格，撐完全程。她說：「我愛美，也愛堅持，敢很大膽的迎接挑戰，所以比賽時都覺得自己好像不怕死喔。」

一通關於淑容在法國病危截肢的電話

二〇〇八年九月八日那一晚的震驚，我永生難忘。

八月份我才從北京結束整整一個月的奧運採訪，奔波、高壓的採訪工作，回來臺灣後總算才稍稍舒解，這是我第二回參與了「人類」最盛大的運動賽事，也是記者生涯中很值得回味的大事，不過，過程中的甘苦也是最高標，這部分的採訪故事我後面再來詳述。而就在九月八日晚上，我接到一通關於淑容在法國病危截肢的電話。

一位與邱淑容熟識的朋友，打電話給我：「文祺，我要告訴你一個消息，淑容這次在法國的越野賽出狀況，目前聽說雙腳要截肢，而且性命垂危！」

掛下電話，我心情頓時黑鴉鴉一片，我心想：「會那麼歹運嗎？」、「截了肢對愛美又愛跑的邱淑容情何以堪？」頃刻間，腦海刷過許多我還無法面對的問句。

身爲記者，某些時候你的角色是殘忍的，新聞事件主角是你的朋友，可是也是你必須報導的對象。所以，接下來幾天，我只能暫時放下私人情緒，先以體育記者的立場，很殘忍的透過越洋電話，採訪淑容的先生、女兒，來報導從未處理過的非運動場上的悽愴憾事。

有些新聞觀眾會說，人家已經那麼傷心了，記者爲什麼要問問題？可是，反過來，觀眾卻還是希望透過記者的眼睛去看見他人發生了什麼事，尤其淑容在女子超馬界已經是指標人物，這個事件有很多人關注，因此，身爲記者的我，必須報導淑容的狀況讓民眾知道，而身爲朋友的我也極想了解她的狀況，希望她能化險爲夷，闖過難關。

以下節錄幾篇當時中國時報所刊載我的報導，讓大家了解那段過程有多麼的危急，而淑容面對困境的戰鬥意志又是如何的強烈，能讓她幸運重返人間。

邱淑容能筆談　尚無歸期

（摘錄自二〇〇八年九月十七日　中國時報A9版）

【曾文祺／臺北——法國電話採訪】

臺灣超級馬拉松第一女將邱淑容，八月三十日完成「縱橫法國十八天一一五〇公里越野賽」後，因細菌感染嚴重動了兩次截肢手術。意志力過人的她硬是掙到生命的奇蹟，不但醒了，如今還能用筆和家人溝通。

邱淑容於「法國18天1150公里越野賽」比賽過程中，與先生盧華傑留下甜蜜合影。

邱淑容的先生盧華傑說：「我們正與醫師討論返國就醫，不過現在還沒有答案。」

邱淑容是受到A型鏈球菌、陰溝腸桿菌和甲素西林抗性金黃葡萄球菌的感染，八月三十日完成賽事後，當晚八時就診，八月三十一日中午以直升機轉送法國知名的蒙貝列醫院；同晚接受首度截肢，接下來在麻醉藥作用下即處於昏睡狀態。

邱淑容親情濃烈一直是跑友間的美談，盧華傑由比賽到妻子就醫期間始終陪伴在側，兩個女兒也趕來；另一臺灣參賽男子選手陳錦輝夫婦同樣在旁協助。

九月十一日，邱淑容已能睜開雙眼，昨日院方已經對邱淑容進行傷口處理，院方表示，她復原狀況良好或許二到三個星期後就可以進行植皮（這部分可以回臺進行）。

盧家較擔心的是找不到會說中文的心理醫師。邱淑容的女兒盧怡雯以電子郵件向臺灣親友提到：「當媽媽要拔管可以說話時，或許會問起她的腳，如果沒有心理醫生在場，不知道我們的回答是不是會讓媽媽情緒更糟。」

愛女日記　超馬媽媽　挑戰生命馬拉松

【曾文祺】

微笑天使邱淑容仍在醫院進行生命的超級馬拉松，五十一歲的她在超馬、在病床上的鬥志，猶如蘇麗文在京奧賽場不顧一切的堅決。愛女盧怡雯用心情日記「超馬媽媽的無敵馬拉松」來記錄母親的奮鬥歷程。盧怡雯形容這場生命之戰是「無敵馬拉松」。

（以下節錄自盧怡雯日記。）

九月十一日凌晨三點十分：早上的心跳九十二，血壓九十九，好消息是今天早上媽媽眼皮動了好多下，我們跟她講話她也眨眼回應，眼睛上還閃著淚光。護士說這是好現象，目前狀況還算穩定。

下午五點我們進去看媽媽，媽媽的腳跟手好像都在出力想要動的樣子！護士說，她們打算慢慢減少麻醉藥劑量讓媽媽慢慢醒來。

媽媽醒來　天大的好消息

九月十二日下午廿二時半：今早病房窗簾一拉開，看見護士在跟媽媽比手劃腳，指指外面指指我們（我們還在猜想該不會是媽媽醒了吧），然後就比手勢要我們進去（我跟爸還有妹妹怡婷當然就飛奔進去了）。到病房外面的時候就發現媽媽眼睛已經睜開，而且可以轉頭看我們（已經不是驚喜可以形容的了）。

因為媽媽的身體狀況還沒有穩定，需要外接呼吸器幫忙輸送較高濃度的氧氣，所以還不能說話，身體其他部分也都還在麻醉狀態，可是她已經可以回握我們的手喔，也可以點頭搖頭（她也覺得怡婷變胖了）。

獲知截肢　感覺很不開心

九月十三日清晨五時十二分：進去看媽媽時，我想她已經知道她的狀況，感覺上她不開心。昨天跟今天媽媽都能理解我們說的話，也都用點頭搖頭回應，今天她的手比昨天靈活一點，左手的手指可以動，手肘以下可以活動大概四十五度左右。

九月十五日凌晨：今天是星期天，醫生護士都很少（法國人星期天一定不能生病不然根本找不到醫生看病）。媽媽今天有用手指電風扇表示她有點熱，要我們開電風扇，林雅俐小姐來看媽媽，她說媽媽的眼睛比前幾天剛醒來時有神很多。

邱淑容在8月30日完成「法國18天1150公里越野賽」時，
於終點拿出國旗秀臺灣。當晚八時她入院治療發現感染。

沒再發燒　寫說肚子好餓

九月十六日凌晨三時五十八分：今天醫生對媽媽進行傷口處理，他們說，媽媽已經沒有繼續發燒。下午，媽媽說（筆談）肚子一直很餓，但醫院說一天已經給她兩千大卡了（不過肚子會餓是好事）。

我跟爸爸推論，她的復原狀況良好，消化系統也開始離開麻醉藥的控制。醫院這幾天會開始試著讓媽媽自己呼吸，如果順利應該過幾天就可以拔掉呼吸器跟我們說話了（或許該開個賭盤來猜媽媽的第一句話會是什麼）。

跑贏死神　超馬媽媽今返臺就醫

（摘錄自二〇〇八年九月二十七日　中國時報C1版）

【曾文祺／綜合報導】

臺灣超馬第一女將邱淑容，即將回到她朝思暮想的故鄉臺灣，她已在昨天從法國啟程，在醫療人員及志工陪伴下，預定廿七日下午一時抵達桃園機場，隨即以醫療專車，將她轉往高雄醫學院繼續治療，繼續她的「生命超級馬拉松」。

邱淑容在中鋼診療所劉醫師等國內熱血醫療志工陪伴下，從法國蒙貝列醫院乘醫療專車往蒙貝列機場，再由SOS國際組織的醫療專機將她送至荷蘭阿姆斯特丹轉華航CI-066班機，預定今日下午一時抵達桃園機場；她的家人則會由巴黎轉機返臺再一家於故鄉團聚。

赴法參賽　傷口感染截肢昏迷

邱淑容在八月卅日完成「縱橫法國十八天一一五〇公里越野賽」後，因細菌感染嚴重動了兩次截肢手術。此期間她就醫的法國蒙貝列醫院一度告知其先生盧華傑「情況不樂觀」；惟邱淑容的鬥志堅強，奮鬥出生命奇蹟。她不但醒了，由能筆談、拔掉呼吸器、說話，到為自己掙到這張「返鄉的機票」。

醫告病危　鬥志堅強奇蹟甦醒

邱淑容的愛女盧怡雯昨日的心情日記說著：「今天媽媽心情很好，大概是因為明天就要啟程回臺灣，不像幾天前天天都吵著要回家！今天的食慾很好！吃光了我們準備的稀飯還有葡萄。

「留學生們來看媽媽的時候也說媽媽的氣色看起來很好，紅潤紅潤的！明天一早媽媽就會從這裡啟程囉！但是法國醫生建議媽媽經過長途飛行後最好還是待在加護病房觀察一兩天，所以大家不用急著到醫院去啦。」

依據邱淑容效力的中鋼之安排，她今日返抵桃園機場後，會有醫療專車直接送往高醫，繼續接下來包括植皮、復健等治療。臺灣跑友將有一些自發的熱血活動來為邱淑容打氣。

愛女日記：國人送暖　在法不孤單

【曾文祺／綜合報導】

邱淑容的女兒邱怡雯在昨日的心情日記暖暖的說著：「謝謝大家不斷的給予我們鼓勵還有祝福，如果沒有各界的幫忙我們一定沒辦法那麼快回家的。這場意外看似讓我們失去了一些東西，但我們在幾萬公里外的法國，體會到了臺灣人的團結還有真誠的友誼。」

邱淑容八月參加「縱橫法國十八天一一五〇公里越野賽」，因細菌感染嚴重動了兩次截肢手術，一度病危。除了她過人鬥志、先生盧華傑、兩位愛女相伴鼓勵，還有臺灣人大團結紛紛伸出援手，才讓她得以由瀕死裡要到這張「返鄉的機票」。

這段期間，邱淑容一家特別感受到來自故鄉臺灣的暖流。邱淑容的女兒盧怡雯近期給親友的電子信特別提到：「非常感謝中鋼（邱淑容任職處）、跑友、親友各界人士的幫忙，特別是大家的祝福，還有SOS組織跟保險機構幫我們安排醫藥費的付款方式，還有運送的問題。

「另外還有一些政府相關單位都有與我們聯絡、也收到愛迪達用快遞寄來的卡片，感謝陳叔叔（此次法國超馬賽臺灣另一參賽選手陳錦輝）跟陳阿姨幫我們張羅生活所需的一切。」

邱淑容的先生盧華傑於廿三日也接到馬英九總統的電話祝福，馬英九並與他們約定：待他們回臺後，會再親自慰問邱淑容。

邱淑容的家鄉高雄友人說：「很多留學生一直到醫院探視淑容，甚至有人坐了好幾個小時的火車，就為了給淑容打氣。」駐法代表處、慈濟、佛光山等駐法熱血義工常問暖，讓邱淑容一家在法國不孤獨。

令盧家感動的還有來自高雄阿蓮鄉留法十三年的林雅俐，她滿腔熱忱伸出援手幫忙他們找公寓、跟醫院翻譯接洽等事宜，直到邱淑容返臺。

這次邱淑容挑戰的超馬賽會主辦人日前也前往鼓勵她，並決定為邱淑容發起另一個馬拉松活動。

見證生命的奇蹟

「然後呢？」相信你一定會問這三個字。然後呢，真的是生命的奇蹟。

走過這一趟驚心動魄的馬拉松旅程，淑容沒有被馬拉松嚇退，她用老天給她特有的超馬鬥魂，不但把自己從前往「仙界」的路上拉回來「人間」，最後還要到了返臺的機票，在眾人的幫助下回到自己的國家——臺灣。

不是這樣而已，返臺未久，當朋友們還困在淑容失去右腳的煩惱時，淑容卻已經跳脫困境，想著要裝上義肢的事，而且她並非只爲了行走而裝義肢，她最大的目的是，等義肢裝好了就可以準備來練「跑」。

此刻是距離動完截肢手術後的三個月，邱淑容已經放下它，並燃起未來要繼續跑下去的新目標，甚至動念想說不定能代表臺灣參加帕運（殘障奧運）。

「淑容，妳選手生涯沒去過奧運，將來參加帕運如何？」在高醫病房內郭豐州教授與邱淑容閒聊，郭教授是世界二十四小時賽最頂級賽事「東吳超級馬拉松」的催生者，也是淑容和我在馬場上朋友。邱淑容竟回應：「好啊！」郭豐州教授回憶，那時看到邱淑容認眞的眼神，就知道她來眞的，她眞的打算要重返跑道，雖然這會是漫長的一條路，可是她的眼神中沒有懼怕兩字。

我那時曾打了通電話給淑容，本想是不是能給她一丁點的暖意。我萬萬沒想到，她反而在電話那一頭安慰我，要我別擔心：「大記者，我還沒拚夠啊，還要很多事等著我嘗試，我很好。」

還記得聊完電話當下，那透過家裡一整面窗戶所灑下的陽光格外的體貼入心，好似方才淑容的話語親撫著我的臉。

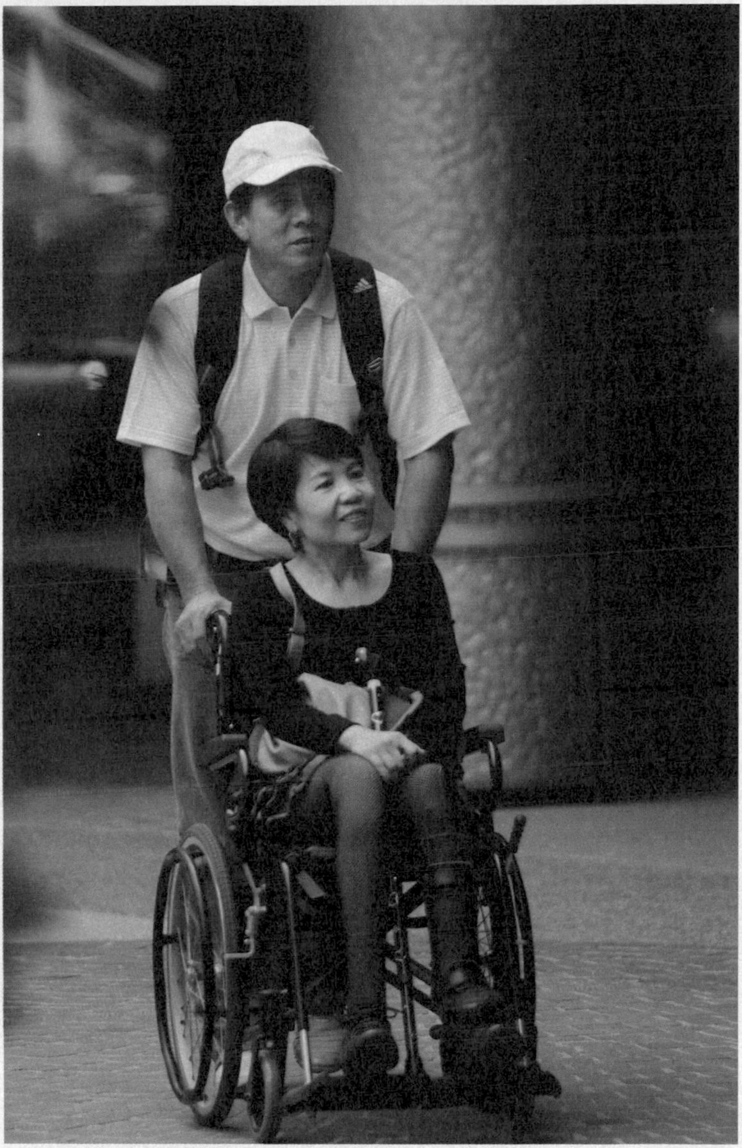

先生盧華傑擔任起淑容身後那雙安心的推手。　（此為紀錄片劇照，章大中導演提供）

我認爲，人類所能發乎最堅決的鬥志，大概就屬於淑容這款了，她是那麼稀有的存在。你想想，尋常人要花多少時間才能走出這般身心煎熬的幽谷（或許還有人走不過去，抑鬱而終），況且是發生在一位非常愛美的女生身上。而她，竟然能在周遭人都還在爲她不捨中，先行脫困，很明快地重現招牌微笑爲自己鋪設新生。

那是我第一次爲淑容落淚，在二〇〇八年十二月東吳超馬的頒獎典禮裡，當時淑容還在醫院接受治療，大會播放她在病床上答謝戰友們的預錄影片：「非常感謝大家都來爲我加油，我們明年再來。」

在場不只是我，世界二十四小時超馬之王關家良一等人都哭了。邱淑容的女兒特別代表母親來到典禮會場致意，這場世界頂級的東吳賽，反而成了來臺的全球高手們，一起爲淑容而跑的大賽，那是一場少見沒有競爭氣氛的比賽，取而代之的是選手們想爲淑容跑一場慶賀她戰勝意外的生命馬拉松。

拄著手杖榮任世運護旗手

這一幕畫面又是淑容送給我，送給所有朋友，最感動的回憶。二〇〇九年七月，臺灣第一次舉辦大型國際綜合運動賽會——高雄世運會，夜間開幕典禮裡淑容堅強的笑容再次撫觸人心。

重生後還不到一年，開幕典禮裡淑容穿著義肢，拄著手杖，榮任「高雄市旗」護旗手，此次世運會中共有二十四位護旗官，包括奧運金牌朱木炎、京奧負傷再戰的蘇麗文、「撞球之子」楊清順、澳網女雙亞軍莊佳容、麵包冠軍大師吳寶春等人，而邱淑容也是護旗官之一，當時透過全球直播，淑容穩穩地踏出步伐，感動了無數現場選手及電視機前的觀眾。會後她難掩興奮的情緒，接受我的訪問，給了我兩句話：「好榮幸，謝謝國家與高雄對我的肯定。」

或許就是這份肯定的力量，以及她骨子裡堅持、樂觀的本質，很不可思議的，她揮別曾盤踞心中不願再次揭開的悽苦回憶，二〇一〇年買了一張重返法國的機票，決定再次去看看那個差點讓她無法再跑下去的「馬場」，而換來的是熱淚盈眶以及當地曾經幫助過她的朋友們及醫療團隊滿懷感動與祝福的擁抱。

淑容受邀在賽後致詞中說：「我非常高興能在這特別的日子

裡，獻上我無限的恭喜，無論你是首次或再次完成這歷史一刻，你都非常了不起，因爲我曾參加過，所以我知道。」

「很抱歉，我給他（縱橫法國越野賽會主辦人JB）惹了很多麻煩，相信當時他內心的痛，一定不亞於我，而且還爲我發起捐款的路跑活動，今天我一定要親自謝謝他爲我所做的一切。」這一段話埋藏在邱淑容內心兩年了，那天終於找到了出口。

淑容接著說：「兩年前我因受傷無法站上頒獎臺，甚至還得到超馬界頒給我的永久勛章——『截肢』。雖然遺憾，但我選擇面對與接受，也許這正是我人生中的另一場生命超級馬拉松，我已做好準備！」

曾是傷心地的法國，
而今充滿感謝。

（此為紀錄片劇照）

淑容回法國賽地與主辦人合照

「病中這一位男護士經常小丑裝逗著我笑；如今終於可以一起逗笑了！」
邱淑容重返法國賽場，得到熱烈回響與掌聲。

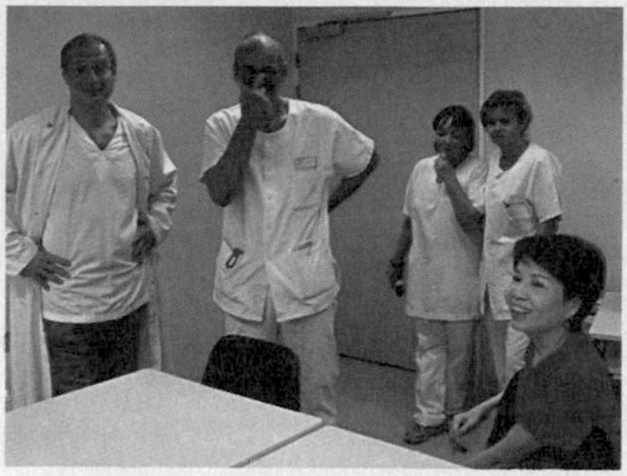

邱淑容與兩年前救她一命的法國醫師相見歡。

淑容隨後重回救她一命的法國Montpellier醫院謝恩。當時守護住她生命的醫師們滿是欣喜：「看看妳，妳給我們的啓發是，我們不可以放棄任何一個病人。」

當時多位醫師傾全力救治邱淑容，兩年後，主治醫師翻開病歷表告訴她：「妳那時心臟衰竭、腎機能不全、肝細胞溶解、中度橫紋肌溶解、感染性休克、感染性心肌炎，種種病因引發全身敗血症，生存機會只剩二十%。」

那時除了腳，邱淑容還差點截掉左手臂，是因爲醫師判斷即使截掉手臂也無助於提高存活率才免於一截。她感激的說：「眞是萬幸呀！否則今日我就無法生活自理，自在的撐著拐杖行動了！」

邱淑容用拐杖撐起裝上義肢而能再次行走，可說是「奇蹟」的見證，這次她由先生盧華傑與超馬好友陳錦輝陪著，完成重返傷心地法國的勇氣之行。記錄片導演章大中、林秀芬夫婦，則是帶著鏡頭隨行跟拍。

又過了一年，因爲淑容住在高雄，我偶爾會和她通電話，她告訴我她的近況：「雖然我再也無法跑步，但很感恩啊，仍可以用裝義肢的雙腳踩三輪車，和跑友一同前進，我發現，我仍屬於『馬場』的一分子。

文祺，告訴你，我的目標是騎三輪車『凸歸臺灣』。」

「三輪車跑得快，上面坐個邱淑容」，我想童謠《三輪車》說不定可以有新形象，那就是上面坐的是充滿決不放棄的精神的超馬媽媽邱淑容。

蹬著特製三輪車騎完重生後第一場馬拉松

二〇一一年二月二十日高雄國際馬拉松，邱淑容回到馬場，蹬著特製三輪車，眞的沒看錯，她騎完了重生後的第一場馬拉松。

我和她聊到了她可愛的專屬鐵馬，她的回答眞是俏皮。她的三輪車是個「溫馨小站」，她在後座裝上小竹籃，裡頭是她親自添購的補充體力熱量包、巧克力、簡易藥品與肌肉噴劑等，除了自用之外，也完全開放讓跑友們自行拿取。她還特別強調：「籃子裡還有防曬乳喔，愛美的女性跑友，一定要美美跑步才行！」

看來淑容是準備一邊騎馬拉松，一邊當行動補給車，她說：「跑友來享用，就是對我最大的鼓勵，也讓我有機會回饋多年來大家對我的照

2011年2月13日阿里港全國馬拉松。

開廣飛跑盃超馬為選手打氣。

邱淑容重返法國賽場與德國醫師跑友合影。

顧！」

淑容還許願，將來要騎車完成過去「還有腳時」沒有達成的環島夢想。「我這條命有太多貴人相助。之前我說出想騎車替代跑步的願望，太平洋自行車公司就送上三輪車；原本我根本無法騎車，因爲一踩踏板義肢就會掉，永純義肢公司就幫我裝上不會脫落的義肢。」

因爲大家的幫助，邱淑容又回到天天清晨四時就開始運動的日子，騎完車後，她灌滿活力的走進一路很挺她的中鋼上班，一切如昔。晚上沒閒著，在家還要騎上一小時的飛輪車。

在二〇一一年下旬，我有機會與當初隨著淑容重返法國賽場的導演章大中夫妻相遇，聊著聊著，越發感受到淑容深層卓絕不凡的意志，於是寫了一篇由章導角度來看淑容的專訪。

看不見的跑道　超馬媽媽感恩之旅　受導演章大中耐心感動　邱淑容穿義肢重返法國賽場　並赴醫院謝謝救命恩人　紀錄片下月上演

（刊載於二〇一一年十月十九日　中國時報A9版）

【曾文祺／專訪】

一部電影的能量，可以很深遠；一個人物的重生故事，足以鼓動人心，若將兩者合一，是可以很偉大的。紀錄片《看不見的跑道》導演章大中，實地記錄了「超馬媽媽」邱淑容重返法國傷心賽場，踏進接受截肢的醫院，以及她用裝義肢的雙腳踩著三輪車，重回跑道「凸」馬拉松的故事。

章大中藉此來詮釋一場人生的馬拉松，影片將於十一月六日下午在高雄夢時代首映。當著章大中的面，邱淑容很「歹勢」的說：「當初我拒絕了章導演N次，他就是不死心，才有這部電影啦！」

章大中於是道出他那打死不退的動機：「以一個說故事人的角度，一個跑者倒下了，截肢了，可以站起來，還有延續性，那是非常有戲劇性的。」

打從邱淑容〇八年完成「縱橫法國十八天一一五〇公里越野賽」後，因細菌感染動了兩次截肢手術，而後返臺就醫，章大中就預知了邱淑容這篇生命馬拉松的後續。

淑容的真實人生，
比任何電影都要戲劇性，也更動人。

（此為紀錄片劇照）

他一直關切邱淑容的進展，一面探詢邱的友人，然後很「厚臉皮」的一再登門懇請鬥志強偏偏臉皮薄的邱淑容接受拍片，直到她點頭。

拍攝中章大中發現，他擅長的戲劇性敘事結構完全派不上用場，而陷入極大的沮喪。因為邱淑容很低調，就連復健都不想麻煩人，加上面對鏡頭總是不自然，以致他期待的氣氛難以捕捉。

章大中說：「這部影片給我最寶貴一課：現實生活不見得會有戲劇性的事件，但是真實的人生，比戲劇更有張力。我開始放空自己，拿起攝影機，長時間地跟著她；我再也不管戲劇性，忘記我是個導演，全心地和她交朋友。」

章大中帶著鏡頭，自去年八月廿八日跟著邱淑容回到三年前幾乎奪走她生命的「縱橫法國越野賽」終點，向國際友人們道出：「讓大家擔心了，我現在很好！」然後重回救她一命的法國蒙貝列醫院，與醫師、護士們抱在一起。

鏡頭裡的人，一再溫暖章大中的心：「對截肢的跑步冠軍來說，憑藉不服輸的意志力，沒有大張旗鼓、昭告天下，她默默地完成了這些不可思議的里程碑，這樣的魅力，比任何戲劇性的安排更加動人。」

不過，《看不見的跑道》這部紀錄片的上映，就如似邱淑容挑戰超馬般，也波折非常。

《看》竟只播了高雄夢時代一場，我納悶的請教導演章大中，他遲疑了半天回答：「經費啊。」

原來，此部紀錄片只有穀得電影有限公司及高雄電影圖書館贊助首映，其餘拍片經費全是章大中與擔任製片的另一半林秀芬硬「擠」出來的，沒有足夠的金援，所以，播了一場就下片。

「像我們這種『負債導演』就是這樣啦！」章大中調侃自己，「為了讓更多人看得到記錄片，就必須長期運作，包括行銷、上院線，至少也要三到五百萬經費。」

淑容的故事雖然動人，不過，記錄片還是面臨了缺乏商業利潤，而沒有足夠金援的窘境。

還好，後來章大中說電影有了新進展：「可能有機會播第二次喔，因為當時中鋼董事長看了首映會，他非常感動，於是中鋼基金會和我們討論日後加映的可行性。」

來說說這部記錄片最後的一個片段，希望讓無緣看到記錄片的你，

盧華傑一路陪伴著淑容堅持下去。

也能稍稍感受到章大中導演鏡頭中看見的邱淑容。章大中說：「淑容從來不認爲截肢事件是跑步生涯的挫敗，那只是她犯下的一個錯誤；對她來說，彌補這個錯誤最好的方法，就是讓家人的生活回歸正常。」

影片末段，邱淑容親手在廚房爲家人準備一頓晚餐；在餐桌上，淑容的老公盧華傑對於食物的料理小小有意見，而女兒對從不下廚的媽媽揶揄了幾句，一切都像是一般正常家庭有的畫面。但是邱淑容爲了這頓飯，花費了三年的時間去努力，這是她最想要爲家人完成的一件事。

「沒有流汗、流淚的情節，沒有哭天搶地的悲情，這就像我們一般人平凡的生活細節中，把不能挽回的遺憾丟到背後，邱淑容走出了一條屬於她自己的跑道。」章大中爲《看》片下註解。

邱淑容的老友郭豐州教授後來也聲援此片，他認爲這是一部可以感動更多人的電影，可以帶動更多國人開始運動的電影。

在一次例行練跑完的晨間，我打了通電話給淑容，我告訴她想把長久以來採訪她的奮鬥歷程放進這本書裡，透過我的筆與大家分享她的超馬人生。一如她陽光爽朗的俠女性格，她率眞的回我兩個字：「好啊！」

淑容後來用三輪車重返跑道，「騎」馬拉松至二〇一二年二月爲止，一共完成了十一場，全程四十二．一九五公里的馬拉松賽事，包括知名的「高雄國際馬拉松」、「臺南古都馬拉松」，還曾飛到金門參加金門馬。另外，她還是一樣邊騎邊當補給車，三輪車後架的籃子上依舊擺滿著她的愛心補給品，供經過的跑友免費享用。

不過，她帶點哀怨的說：「現在是不是比賽的補給品都太好了，把選手都餵飽飽的，他們都不拿我準備的香蕉、蘋果，就只用了噴劑。不管啦，反正我以後還是繼續把該準備的食物都放在籃子裡，願者，上勾。」

邱淑容奮鬥的眞實故事，繼續上映著。我很榮幸能看見她一路走過來的超馬鬥魂，當我對生命感到困頓時，我就能告訴自己，「嘿！你也是跑馬拉松的，別忘了邱淑容曾經告訴過你『堅持』兩字怎麼寫。」

雅典奧運，臺灣的榮耀時刻

朱木炎、陳詩欣希臘摘金採訪幕後

02

我發現，原來我們的國旗歌這麼好聽。國旗歌（中華奧會會歌）樂聲悠揚響起，中華奧會梅花會旗同步緩緩上升，行著舉手禮的陳詩欣，一再隱忍，淚水卻不受控制地湧著、滴落著。

這是奧運史上第一次演奏我們的國旗歌，而我就在歷史的現場。第一個樂聲一出，我的淚就開始不聽話了。

朱木炎在奪金那一刻被教練張榮三抱起，留下這經典一幕。（鄭任南攝）

極目望向天際，沉醉半晌後，我故作軟綿語調對身旁的雅典奧運志工Aldora說：「妳看，今天的天空那麼藍，這是多漂亮的一天！」

Aldora像個古代文學家，手捧著一堆封面上好似古刻文的書本，順著我手指的方向望了望，輕聲細語回答我：「不夠，不夠，你注意看，那神廟上頭還有一片白雲，所以天還藍得不夠！」

「我的『天』啊，這樣還說不夠！」果然是見過「世面」的在地希臘姑娘。

對我這個從海島國家來的外地人來說，希臘真美，甚至美得有那麼些不踏實，藍得過頭的天空，綠光閃閃的橄欖樹，愛琴海上綴著點點帆船，像可愛白香菇處處冒起的低矮白屋子，四處隨意擺設的木頭咖啡桌，難怪希臘人的血液裡天生注滿浪漫因子，浪漫到天空底下飄了一片白雲就可以說不夠。

二〇〇四年八月天，我在希臘採訪雅典奧運，當了整整一個月的「雅典人」，度過無數個希望隔日太陽不要升起，能夠不工作的咖啡浮馨希臘夜。

彼時，我與中國時報採訪團同仁們在雅典神廟的山丘腳下，向一對

夕照中的愛琴海。（曾文祺攝）

蔚藍晴空下，遠望負責奧運維安的飛艇倒有一種閒適感。

遠眺雅典城。

咖啡店大大方方地佔了一半的街道。

老教授夫婦租了一整棟別墅，作爲我們這一個月採訪時的家。

這棟房子幾乎完全被林立的咖啡店給包圍，開店時間一到，繫著蕾絲圍裙的女老闆們，就開始搬出咖啡桌，而且一定會把咖啡桌腹地延伸到馬路兩側，簡直讓人分不清馬路與咖啡店的交界，一切如此理所當然，每家咖啡店都是這麼大大方方地佔用著騎樓甚至路面。

某傍晚時分，一位有點啤酒肚的警察杯杯騎重機巡過街口，接著他老兄極其隨興地擺定車檔，停下他的重機，坐下來點了一杯咖啡，加入悠閒放空的人群裡。你看，就連警察杯杯也不覺得咖啡桌出現在馬路旁有多奇怪，而且工作中來杯咖啡也是尋常事。

喝咖啡享受日光，是希臘人的生活方式。

到了午後，我只要推開房間的木條窗櫺，樓下便嗡嗡響著我聽不懂的盎然希臘話聲。雅典人喝咖啡，也是聊五四三的時間，不知道哪來的那麼多話可聊，總要到深夜兩、三點左右我的耳根子才能清淨，才能感受到希臘夜半的來臨。

設想一下，你若是我，身爲第一線採訪奧運猶如正在作戰的體育記者，結束忙亂一天的工作後，好不容易扛著筆電回到住宿處想要稍微歇息喘口氣，而且還得構思隔日滿載的採訪計畫時，外頭卻是一片喃喃不絕的恣意聊天聲，該作何感受？戰鬥力不免被削減了幾分。

說實在的，剛開始我眞的有點暈頭轉向。一方面得調整晚臺灣六個小時的時差；另一方面，外頭的希臘人們正盡興地

從街頭看雅典風情。

享受他們喝咖啡聊是非的人生，好似不停地告訴我：「別寫了，別睡了，來喝杯咖啡吧。」整個有種時空錯亂的感覺。

幸好，我的適應力不算太差，幾天後我就習慣了，尤其經過一天的作戰採訪工作後，夜晚也變得容易入眠。

希臘人啜飲咖啡的表情很是陶醉，嘴嘟著杯緣的姿勢可以維持好長一段時間，帶著迷濛眼神，若是見到年輕的希臘美眉，我總會假想她們彷如是女神雅典娜入人間來喝一杯咖啡。

我認爲，眼眸深邃的希臘人各個都是天生的舞臺表演者，他們說話時表情豐富，還會帶手勢，時而揚手，時而撥髮，偶爾身子放鬆後仰微笑，一副悠閒陶醉模樣。我還觀察到咖啡桌席間，情侶們有一個必然的儀式——吻。

聊到快活時，吻；雙手一攤無奈時，愛人送來撫慰的吻；細飲咖啡「啾」的一聲，就像對杯子輕吻一下。希臘人沒有吻，就好像卡布奇諾少了鮮奶泡的滋潤。

工作緊湊如我，有時會想就這麼小小杯的咖啡，他們怎麼有辦法品味好幾個小時？我問了Aldora 發生於咖啡桌邊的一、二事，她側頭盯著

啜飲咖啡的任何街角，充滿著
希臘式調情——浪漫、悠閒而陶醉

遠眺雅典神廟。

雅典神廟一隅。

雅典神廟旁的劇場，交響樂的演奏，讓古城更添幾分優雅。

我，反而是她疑惑我的問話，然後蹦出一句：「生活不都是這樣嗎？」

我只能用微笑回答Aldora的疑惑，因爲我想浪漫至上、生活至上的希臘人，大概無法想像有很多臺灣人，可以用一天十幾個小時的時間來工作，而剩下的時間多半是用來睡覺補眠，眞要有一個人每天多數時間都與咖啡混在一塊，我猜他的職業大概是咖啡店的老闆了。

浪漫滿點固然讓人欣羨，不過，這不知道是不是也是希臘經濟萎縮的原因之一，不同的國度造就不同人民的生活環境，沒有絕對的好與不好，不過，好的地方或許也能偷學一下，例如每天忙碌工作中抽出一小片段來喝杯咖啡或是喝杯茶，沈澱心情後再出發，只是前提是你的老闆要能接受，否則每天找時間喝咖啡聊是非，說不定老闆會請你回家慢慢喝。

見證臺灣運動史上首獲的兩面奧運金牌

採訪奧運的那個月，應該是我到老都無法忘記的一個月，那是我生命裡很璀璨的一個月，因爲我在奧運賽場上見證了臺灣史上的第一面及

奧運期間，希臘國家儀隊昂揚非常。

歷史百年的雅典餐廳，特製橄欖油燴串烤牛肉是他們的招牌。

這類路旁常見的全麥烘烤的餅片，是上班族與學生的簡易早餐。

在希臘常吃到的招牌餐——一口生菜，一口濃濃奶味的起司塊。

女孩稍後告訴我，在奧運發源地傳遞聖火，夠她一生回味。

第二面奧運金牌，那是至二〇一二倫敦奧運之前，臺灣僅有的兩面奧運金牌。

近二十年來，我們的跆拳道實力已經足以和跆拳宗主國韓國分庭抗禮。一九八八年漢城奧運，陳怡安以十五歲之齡奪得跆拳道示範賽金牌，該屆中華跆拳選手贏得二金三銅；到了一九九六年亞特蘭大奧運，陳怡安再次摘金，跆拳隊獲得三金二銅，兩屆示範賽共拿五金五銅，也將臺灣跆拳道推向世界強權。

但那五金都不列爲正式成績與紀錄，因爲當時跆拳道還屬於「示範賽」。直到了二千年雪梨奧運，跆拳道才登堂入室成爲正式項目，怎奈那年中華隊只落個「兵敗雪梨」收場。

二〇〇四雅典奧運前，中華跆拳隊被評估爲最接近金牌的夢幻隊，我們拿到規定每個國家最多只有四席的足額參賽門票，陳詩欣、朱木炎、黃志雄與紀淑如，都是最頂尖的出色高手。

八月二十五日，我來到即將進行跆拳道賽事的技擊館，當時空氣中漫佈一種詭異的氣氛，因爲不只是肩負奪金重任的中華跆拳代表隊，就連準備進行採訪工作的我都揪著心期待「奧運史上臺灣第一金」能夠成

真想知道，這位日本壘球桑與澳洲露背女球迷在聊什麼？

眞。

但，跆拳道的軸心「世界跆拳道聯盟」是由韓國人把持，韓國在運動場上向來頻頻以小動作惹來世界體壇上大小爭議；加上跆拳成爲正式項目之初，選手攻擊得分與否還可能受到場上裁判們的主觀判決，讓勝負的「未知數」更加撲朔迷離。

韓國籍世界跆拳道聯盟會長趙正源在開賽前公開表示：「寧願韓國一面獎牌都拿不到，也要捍衛比賽的公平性。」此話說得正義凜然，不過我國奪金希望，難保不會受到「黑手」的控制，想奪金除了靠實力與技術，再來還是要看老天能不能多給我們一些好運。

因爲雅典奧運在擊劍、體操、壘球等競賽場上紛紛出現裁判左右勝負、明顯誤判的情事，國人引頸盼望的跆拳項目，也難保不會出現雷同狀況。

雅典街頭四處可見希臘民族英雄莫洛索斯踢腿英姿的廣告看板，他正是二〇〇〇年雪梨奧運擊敗黃志雄，摘下金牌的仁兄。醒目的廣告看板昭示雅典市民、各國運動員，只差沒在廣告上寫上：「這面金牌我要定了！」的標題。所以，莫洛索斯將成爲此次朱木炎在男子五十八公斤

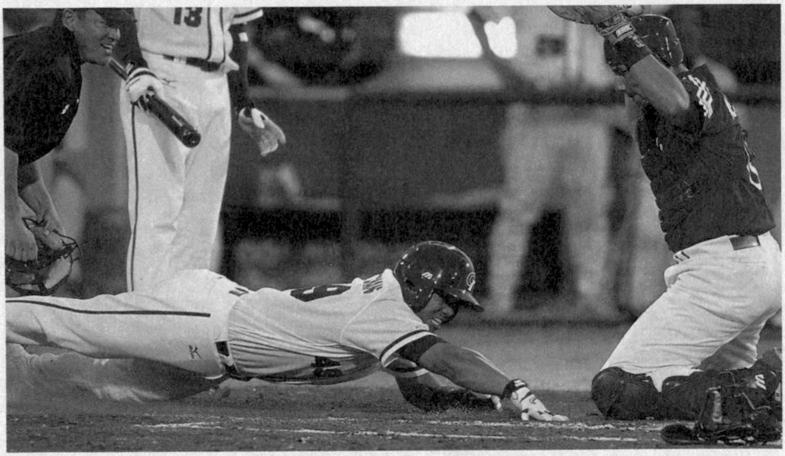

來到雅典奧運戰場，中華成棒隊與宿敵古巴仍是一番激戰。（鄭任南攝）

奧運女壘賽澳洲 v.s. 日本。

中華國家棒球隊正午揮汗練球。

中華男子射箭隊在雅典奧運締造創紀錄的團體銀牌。（鄭任南攝）

級的最大對手。

另外，黃志雄、紀淑如所參加的男子六十八公斤級、女子五十七公斤級都有韓國選手角逐，韓國代表團正嚴重「缺金」，種種傳言紛起，難怪韓籍世跆會長趙正源要先出面消毒。

不過，事情就是這麼微妙，我們中華教練團之一李東玩也是韓國人，一直以來，他都很戮力地傾盡所能指點中華國手們，他也在想辦法克服韓方可能不利我們的外在因素。

跆拳國手們如何克服可能不利的環境？賽前我問了「朱木」（朱木炎與日本傳奇摔角之王豬木的音相同，所以被取綽號朱木），他很正面的回答我：「只能盡力得分，造成雙方明顯的勝負差距，這是唯一勝出的辦法。」

我試著安撫看起來有一絲絲不安的朱木：「加油！到時候『上帝之手』會站在我們這邊的！」朱木說：「反正我們已經有了銀牌，既然為國家而戰，當然就要再拿一面我們還沒有拿過的金牌啊！」朱木的氣勢反倒是為我打氣，他的眼神讓我相信，這面金牌是屬於臺灣的。

如賽前評估的，在跆拳賽首日登場的陳詩欣、朱木炎，已在雅典時間二十六日下午四點之前，分別闖進了預定晚間六點二十分開踢的女子四十九公斤級、六點三十五分的男子五十八公斤級金牌戰。

對於我而言，這個時間點真的是超「煎熬」，因爲雅典的夏日時間晚臺灣六個小時，也就是說陳詩欣晚間六點二十分金牌戰登場那一刻，將會是臺灣國內凌晨十二點二十分。以報社截稿時間來看，除非是發生極重大的突發事件，否則晚上十一點已算是報社截稿的最遲時間。

就這麼剛好，他們開戰的時刻，就擺在報社截稿最最底限時間，緊張指數完全是爆表，一方面我非常期待陳詩欣、朱木踢出金牌，我將有幸見到臺灣第一面奧運金牌的出現，另一方面我又要擔心需以最快速的時間寫出比賽結果，刻不容緩傳送回臺灣報社。壓力如浪濤，我感覺到心臟好像快跳出橫隔膜了！

雅典下午四點（臺灣晚上時間十點），約莫是陳詩欣、朱木剛取得決賽權的時候，報社老總由國內直接打電話來希臘：「文祺，比賽一有結果，稿子馬上就要出手啊！」

「是，是，好的！」身爲前線記者，我也只能這樣回答後方大本營的老總。「呼，呼，蹦，蹦」當下我彷佛登上高山，感覺氧氣稀薄，心

「既然為國家而戰，當然就要
再拿一面我們還沒有拿過的金牌啊！」

金牌賽中，朱木炎（藍衫）正準備賞給對手旋踢。

跳將破180。

館內播放起曼陀鈴樂聲，我的思路突然清明了起來。當一位體育記者，挑戰的最高境界就在眼前，我也準備像陳詩欣、朱木一樣，迎接終極挑戰。

不過，告訴各位一個寫稿秘訣，想要在最快的時間內完成稿子，技巧就是「預寫」。除了已經寫好的人物稿之外，趁著距離金牌戰還有兩個小時的黃金時間，我開始打起主新聞稿，我將之前採訪好的兩人心情先放了進來，接著預寫了「四種款式的主新聞稿」，內容如下所述，藉由預寫只要待結果一出，馬上就能加入總結：

主新聞1：陳詩欣勝，朱木勝，兩金。

主新聞2：陳詩欣勝，朱木敗，一金一銀。

主新聞3：陳詩欣敗，朱木勝，一金一銀。

主新聞4：陳詩欣敗，朱木敗，兩銀。

「江湖一點訣」，說來容易做來也是不簡單，原本一篇文章變成了四篇文章，但好處就是就不用擔心到底最後的結果是兩金、兩銀、一金一銀……。

六點二十分，陳詩欣金牌戰開打

瑞典籍主審腳步踏前單手用力一劈，順勢喊了一聲，頃刻，陳詩欣蝴蝶點花般的腳法開始移動，目光如炬揪著古巴強敵拉伯菈達。

「加油！加油！」上百名前來聲援的臺灣鄉親高昂喊著，滿場觀眾雙腳一波又一波踏著木質地板，製造出聲響，緊繃場面到了臨界點。我也由記者席站了起來，屋頂快被聲浪給崩解了，擺在記者桌上的筆電被聲波微微振動著。第二回合陳詩欣快打左右旋踢得手，五比三領先……。

倒數三十二秒，轉趨守勢求保戰果的陳詩欣，一直退防出邊線，主審給了一次警告。倒數二十一秒，陳詩欣被追著再次退出邊線外，又被警告，加總兩次警告就要扣了一分，五比四……。再退的話，領先的本錢都快被扣光了。

時間一秒一秒的倒數，但每一秒走得比蝸牛上樹還急死人，我的心跳「怦怦怦」拍打著我的胸腔，打鼓似的感覺淹沒了場內觀眾的激昂。

陳詩欣再被逼退，同時，時間跑完，結束了。

剎那空氣凝結，結果究竟是怎樣？

兩位對手面對面的場中聽候判決，感覺過了好久，好久，好久。

主審揮出左手，裁定左手邊穿紅色護具的陳詩欣，獲勝。

「啊啊啊啊啊啊啊啊啊啊啊！」

我握拳，跟著全場觀眾放縱狂吼，眼前的電腦鍵盤上出現連串水滴，「是水打翻了嗎？」前一刻我還在猜想，下一刻我趕快闔上螢幕，原來是我的洶湧淚水啊。

「啊啊啊啊啊啊啊啊啊啊啊！」

賽場上陳詩欣不停地哭著，披著中華奧會梅花會旗一直哭，那就是傳說中珍貴的「喜極而泣的珍珠淚水」。

就在我開心到已無法控制的當下，突然感覺有人在拉我，而且是很用力的扯，大概是他發現非要出點力，才能把將近瘋狂的我給拉回神。我轉頭一看，是一位蠻有型的西方記者。「打擾你一下，請問你見證臺灣第一面金牌，此刻的心情如何？」

「就你看到的，我興奮得快死了，不過，我現在真的沒辦法和你聊，我得趕稿，晚一點好嗎？」

金牌記者會上，陳詩欣終於可以放下乘載在肩頭的奪金重擔。

朱木炎向我秀出如夢似幻的金牌。（曾文祺攝）

感謝他這麼一拉，提醒了我還有稿子要寫，後來那位記者並沒有訪問我，因爲我想他應該也沒時間等我寫好稿再訪問我吧！

六點三十五朱木炎金牌戰登場

「朱木！」當朱木與墨西哥高手拉莫斯被領進場時，剛好經過我眼前，我情不自禁的喊了出來。

方才陳詩欣紮紮實實地踢出第一金，壓抑我整個胸口許久的氣息，完全爽快地跟著出清。第一面奧運金牌落袋後的五分鐘，換朱木上場了，我還是極度地緊張，不過陳詩欣的表現已經給了我無比的信心，讓我已經換檔轉爲「等著看好戲」的情緒。

第二回合，朱木連兩記左右旋踢擊中拉莫斯的腰際護具，「啊砸～」根本就與李小龍相同尾音上揚那股得勢之後的吼聲，跟著狂傲地喊出，我就知道，拉莫斯慘了。

朱木有一個更嗆的外號就叫「李小龍」。

會有這綽號，出自他的飛踢時可以騰空最多達四腳。只要他出賽，

那一刻，他們的角色由對手關係昇華成彼此一生一遇可敬的運動家。

場邊的人目光無不被吸引，每當他佔優勢時即目光炯炯，吃定對手的殺氣乍現，他的「啊砸～」就出籠。我記得二〇〇三年曾有一場比賽，由於朱木踢得太炫爛了，連計時員都忘了計時，只盯著朱木一直「飛在空中」的華麗出腳英姿。

我在心中暗語：「倒楣的拉莫斯，你所碰上的就是這樣的朱木。」

一秒鐘之內連出五記旋踢，迷蹤腳步如影子般持續追殺，拉莫斯被朱木逼得疲於招架；最後一回合，如同李小龍上身的朱木，甚至連續施展兩次三百六十度旋踢。滿場技擊館觀眾簡直看瘋了。

而我呢，也狂吼到近乎燒聲。

比賽結束的電子鳴放音響起，朱木左手一拉，右手揮向天，狂嘯一大聲。五比一，朱木壓倒性奪金。

好過癮！中華教練張榮三衝出去抱著朱木打轉，我也與一旁看得癡迷原本想要採訪我的那位西方記者又抱又叫。

按了Enter鍵，我的主新聞稿送出。原來，我這趟雅典迢迢征途，就是爲了剛才按下鍵盤的那瞬間。

最後跟大家透露一件現場內幕，比賽時中華民國國籍的國際奧會委員吳經國在兩人的奪金過程中一直在場邊「巡場」，我揣度得出，他的用意就是在恫嚇有心人：我一直在注意，別想「搞鬼」。

流淚，三部曲

頒獎時刻來了，陳詩欣站在頒獎臺的最高處，低下頭，爲她戴上臺灣第一面奧運金牌的就是國際奧會委員吳經國。多麼完美的頒、受組合。

我發現，原來我們的國旗歌這麼好聽。國旗歌（中華奧會會歌）樂聲悠揚響起，中華奧會梅花會旗同步緩緩上升，行著舉手禮的陳詩欣，一再隱忍，淚水卻不受控制地湧著、滴落著。

這是奧運史上第一次演奏我們的國旗歌，而我就在歷史的現場。第一個樂聲一出，我的淚就開始不聽話了。我的身子微微顫抖著，看到陳詩欣向會旗敬禮，我也才意會到，於是跟著做。

其實，小學時我當了好幾年的升旗旗手，「山川壯麗，物產豐隆，炎黃世冑，東亞稱雄……」唱了無數次的國旗歌，那時我不擔心是否能在歌曲結束時也把國旗同時升到頂端，只憂慮仰頭看到太陽會過敏打噴嚏。

當時童心從未體會到國旗歌的美，直到來到異地的雅典，才眞正滿滿地領受擁有一首屬於自己的國家的國旗歌是多麼驕傲的事。

我聽過最無私的一段話

所謂運動家風範，我想最極致的展現，大概就如陳詩欣自然流瀉地那樣。

陳詩欣是第一位取得奧運金牌的中華民國選手，但賽後她卻不這麼認爲。媒體問她爲我國摘下奧運第一金的感想時，這位心地善良的女孩沒多想：「我不是摘下金牌的第一人，是朱木炎和我同時爲國家摘下奧運金牌。」

我不住地爲她鼓掌。這是我聽過最無私的一段話。

或許你與我一樣，也會好奇當朱木看到陳詩欣奪金在先，他是以何種心情緊接著上場挑戰自己的金牌戰。我賽後問了朱木。

「走進比賽會場踢金牌戰前，看到了學姐（當時陳詩欣正拿著中華奧會會旗繞場答謝觀眾）拿下金牌，我感動得眼淚都快掉下來了；下一刻就換我上場了，得到學姐奪金的激勵，我告訴自己一定要更努力加油。」朱木率真地回答我，偉大風範就在其中。

解開了心中的疑惑，還有一件掛在我心裡的事一定要做。我請朱木讓我摸一摸拿金牌的感覺，朱木二話不說的馬上把金牌拿到我面前。

臺灣等了七十二年的奧運金牌，此刻就在我的手中，沉甸甸的，果然分量十足啊！

二〇一二年與朱木在總統府見到面

二〇一二年三月五日，我與朱木因共同的好友林義傑獲馬英九總統接見，一起進入了總統府。在府內，我們又聊起了雅典奧運那一段。

我告訴朱木想把那段歲月和故事紀錄在書裡，朱木很開心地說：「那段日子真的是最苦卻又最甜蜜的回憶，你能夠把它寫出來真的是太好了，我也可以從你的書裡回味那段最精彩的時刻！」

身爲體育記者能見證臺灣運動史上最光榮的一刻是一大幸也，能站在這些成功的運動員背後，看見他們傷痕纍纍卻依然挺直的腰桿是二大幸也！

總統府內，朱木炎和我聊起8年前雅典奧運摘金的榮光時刻。（許智雄攝）

與林義傑在撒哈拉

七千五百公里肉身與意志的考驗

在最後五天的征途中，三人長征距離超過六百公里，總共只睡眠五小時，前天至昨日甚至進行了驚人的「non-stop」連續三十六小時不眠不休行動直到終點。

林義傑雙腳無一不是傷，他甚至在半天之內可以耗損一雙跑鞋，整個挑戰期間約有百分之七十的時間天天因病毒、壓力而腹瀉。

03

撒哈拉征途，比原先規劃更久、更險。（林義傑提供）

撒哈拉沙漠的月亮很大，很能觸動她底下人們的心弦。

「文祺，我們看的是相同一個月亮耶，好奇妙的感覺！」

「我上頭有一條長長的星河，你看到了嗎？」

「我找找看，你說的是哪一片？」

「就月亮的三點鐘方向！」

難得訊號飄到剛好的位置，我們透過手機與衛星電話，才聊沒幾句，訊號又散了。

二〇〇七年年初，我與麻吉好友林義傑隔著埃及、利比亞兩國的邊境，抬頭仰望同一片天空、同一片星斗，心繫同一件事：相見。

一九九八年與林義傑初相識

我與小傑結識在一九九八年國內第一場一百公里超級馬拉松賽，賽道在中山高汐止高架段。我還記得當時他理著三分頭，拿下第三名的「矬樣」。

那一次我們的相遇，是一拍即合的相遇，他成爲了我生命中的麻吉。那一次終點處採訪到小傑，我們頻率就對上了，或許是同樣愛運

林義傑說著這一路的奇遇，我聽得入迷，而接下來這段路我們將休戚與共。　（林義傑提供）

動，或許是同樣有著相近的理念，慢慢的，十幾年的時間我們一起成長，一起體驗解決困難的甘苦，互相鼓舞，彼此成爲對方生活裡佔了很大分量的好友。

正因爲十餘年情緣的連結，得以讓我觀察到這個曾經一天吃飯錢得控制在不超過七十元的三分頭小子，後來成爲鼓動整個臺灣社會的「生命力的象徵」。透過以下的故事，我想向大家分享我和冒險家林義傑一起在撒哈拉的故事。

銘傳大學每年固定會有學生來見習我的採訪工作，在跟訪時他們總會問到：「文祺大哥，你生涯中最驕傲的一次採訪是哪個比賽？」

嗯，這是一個有意思的問題，我想值得端一杯咖啡，在香氣緩緩上飄時，細細分享一段仍鮮活流動在我腦海中的感動回憶。

那並非一場賽事，而是創紀錄的傳奇挑戰。當時，我置身地表最大的沙漠——撒哈拉，見證麻吉林義傑參與人類史上首度橫越七千五百公里撒哈拉世紀之行。

那也是我生命裡，僅此一回，下不爲例（以後打死我都不願再來一次）的「壯遊」。

如同陷在三層樓高的撒哈拉沙漠巨沙丘，林義傑說：
「沒有試過，你永遠不知道。」（林義傑提供）

三位全程挑戰的軸心跑者由起點位在西北非的撒哈拉沙漠之西塞內加爾，經茅利塔尼亞、馬利、尼日、利比亞跑到撒哈拉的東緣埃及境內的紅海旁。總距離達七千五百公里、耗時一百一十一天。

打從小傑於二〇〇六年初，確定同年十一月將與「橫越撒哈拉」（Running the Sahara）團隊，挑戰人類史上首度徒步橫越地表最大的撒哈拉沙漠那一天，他便興沖沖地告訴我：「文祺，如果我有能耐撐到接近終點，那你一定要在最後階段來見證我達成生命最大挑戰的時刻。」就這樣，我們有了兄弟之間的約定。

小傑會安排我在最後一個月左右前往撒哈拉與團隊會合，我將以團隊工作人員的身分加入，而非隨行採訪記者，主要是減少記者身份在活動中「被排拒」的敏感性。

我也得到公司中國時報的支持派我前往，我們體育組熊昌成主任也極力相挺，給我非常多的協助，我在沙漠期間碰上農曆年春節，熊主任還犧牲假期天天關心我的安危，整理我由前線傳回的第一手消息。

三位全程挑戰的軸心跑者林義傑、美國超級馬拉松名人查理（Charlie Engle）、加拿大極地超馬英雄雷伊（Ray Zahab），將由起點位在西北非的撒哈拉沙漠之西塞內加爾，經茅利塔尼亞、馬利、尼日、利比亞跑到撒哈拉的東緣埃及境內的紅海旁。初估總距離達六千五百公里（實際完成時公里數超過七千五百公里、耗時一百一十一天）。

騎在駝背上的小孩，有巨人般的堅毅。 （林義傑提供）

沙漠一枯骨，可能已存在了上百年。 （林義傑提供）

一向關懷地球環境與人文的影星麥特戴蒙（Matt Damon）、班艾佛列克（Ben Afflect），以兩人合資的製片公司出資多數經費，並派出攝影小組一路跟拍製作「Running the Sahara」紀錄片，總經費約八百萬美金（超過二點五億新臺幣），並由曾榮獲奧斯卡金像獎最佳紀錄片導演的詹姆斯摩爾執導拍攝。

此外，團隊也與英國的NGO（目前國際最大非官方民間國際組織）、聯合國達成合作目標，在挑戰過程中同時進行募款，捐給聯合國爲非洲兒童改善水資源與AIDS救援計畫。

現在，請隨我時空穿越，回到二〇〇七年年初，我在撒哈拉所見、所聞、所體驗的鮮活生命驚奇，甚至是關於生死的故事。

到埃及與久違的兄弟相見

轉了二趟飛機費時將近二十四小時，我終於抵達了埃及首都開羅。順利找到了挑戰團隊事先打點好要來接我的埃及司機賈曼，並買了賈曼所推薦、加了草香咀嚼起來有甜甜香草風味的雜糧包，便隨他驅車朝著

我哼著《加州旅館》，換來黑色沙漠公路旁的這幾隻駱駝冷眼相看。

千里之外的利比亞邊境西行，準備加入挑戰團隊。

一路上，我腦海屢屢縈繞著Eagles老鷹合唱團那首《加州旅館》（Hotel California）的旋律與遐想。我也去過美國西岸加州，在那開車飛馳過好似開不到終點的州際公路。雖然加州與埃及撒哈拉沙漠公路的景象截然不同，但我依然浪漫的將他們聯想在一塊。

On a dark desert highway
Cool wind in my hair
Warm smell of colitas rising up through the air

（黑暗的沙漠高速公路上，冷風吹亂了我的髮，空氣中飄來科麗塔溫暖的氣味……）

《加州旅館》這歌一開場就奔放出桀傲不遜的狂野，光是清唱便亢奮得寒毛豎起，這「fu」就恰似我置身的撒哈拉黑色沙漠公路。

賈曼狂飆著他外表粗獷的四輪驅動愛車，用破破的英語兼比手劃

日落開始，夜的造訪比你想像得快。
（曾文祺攝）

腳，意思好像是「我們這裡沒有速限，隨你駛！」

傍著地中海的黑色沙漠公路被陽光蒸得發燒，冒著透明捲捲波浪的蒸氣。兩旁盡是細細的黃沙，與偶見的刺荊棘叢、原生駱駝。漸漸地，腦海中加州旅館的旋律被賈曼車上播放的回教世界流行音樂給強迫取代了。

在我聽來，回教音樂有著很一致性的靡靡樂聲，正如我曾在尼羅河畫舫上所欣賞到的肚皮舞女郎，曼妙曲折的身子，是一種會讓人想睡覺的催眠旋律。

沙漠公路是孤寂的，久久才有一次會車，反倒是瞧見枯骨與長久因曝曬而乾癟的動物死屍次數較多。抵達埃及與利比亞邊境的小村莊莎倫，已是夜暮低垂時。賈曼因爲家中有事暫時必須與我道別先回到開羅，於是獨留我在邊境。

沙漠的天氣，翻臉如翻書。它可以用攝氏五十度的熱力要你低頭；也有辦法在黑夜造訪之初，就急凍接近零度令你刻骨銘心。

面向前方利比亞的方向，左側利比亞高原猛送冷空氣下丘，右側的地中海也不甘示弱的飄來鹹鹹冷凝的海滋味。

這一晚在邊境，甜豆、辣醬、醃酸菜湊在一塊兒，至少讓我暖了一些。

我完全錯估形勢了。本以爲沙漠是熱的代名詞，豈料還來「冷」這一套，以至於我的保暖衣物不夠分量，小傑出發前給我的Gore-Tex外套，只夠防風，無法完全避寒。我冷得牙齒打起架來。

接下來的，心更涼。原本按計畫，撒哈拉團隊聘請的土瓦雷克族首領莫哈馬，應該可以在利、埃兩國的海關邊境載我入境利比亞與團隊會合，無奈利比亞這一方臨時決定不放行。

我與小傑彼此距離已不遠，卻受困現實政治環境，相隔於埃及、利比亞兩國的邊境，暫時無法相見，我仰望上頭鑲滿星光的銀河，更覺身處陌生異境的蕭瑟。

此情此景，我得往好的方向想。雖然暫時無法在第一時間相見是萬般愁苦，但我全心感受著、體驗著我們彼此常久以來的兄弟般情誼；而且再怎麼說，總算我們已在方圓數百公里之內，相見時間不久了。

在莎倫小村，我找到了唯一一間邊境旅館，一晚約只要臺幣三百元，還包早餐，夠便宜吧！但，沒那麼簡單，約莫十餘個房間只有我一位住客，薄毯子潮溼透著霉味，浴室的磁磚碎裂佈滿四處。更糟糕的是，沒熱水。這一晚，海風、山風輪流敲打窗戶，我蜷縮著捱過冰冷的夜。

次日清晨，我的奇遇記開始了。

走在水泥拌著石子的街道上，我注意到，村民們各個張大眼看我，時有竊竊私語，而且幾乎都是男生。明顯感覺到，黑咖啡皮膚的他們可能鮮少看過如我一樣的亞洲人，所以充滿好奇但卻友善的眼神，於是我決定主動喊「哈囉」示出友好。很快地，村民也開始有了回應，用我完全不懂的方言和我打招呼，彼此都用放諸世界皆通的微笑語言，試探地交流著。

小村的通訊極差，我試著想找出可以傳輸新聞稿的地方，順便逛逛當地的環境，終於在一條巷子內找到一間有兩臺桌上型電腦供村民玩電動的商店。

賓果！

我走進店裡，同時接收到約莫二十餘位年輕人掃來的目光。我故作鎮定地巡了一遍，找到了看起來像老闆的中年大鬍子男子，接著拿出我的筆電，試著用英語傳達我想借傳輸線的用意。

老闆旋即的反應讓我嚇了一跳！他張手嘰哩咕嚕的喊著，所有人很迅速的退到了牆邊。老闆再看向我，笑了！他應該是懂了我意思，所以

原來，驢車就是這裡小孩子的腳踏車。

清開所有人，將空間讓給我這位長得與他們全然不同的「貴賓」使用。

謝了老闆之後，我開始進行連線工程，這才發現這的線路眞的有傳輸功能，不過方式是臺灣已絕跡的、古早「類比式」訊號的傳輸方式。「嘟，嘟，嘟……」我試著發一封電子郵件，花了五分鐘才搞定。

我鬆了一口氣，馬上又嚇了好大一跳，因爲店裡頭已經擠滿大約四十多個長者、年輕人、小孩子，他們張大眼盯著我與他們可能從沒瞧過的手提電腦。我對他們笑了一下，旋即小孩子們靠了過來，嘎拉呱拉的想問我話。

雖然傳輸很牛步，總算堪用，我盤算著與小傑會合前，這小鋪就能當成我的傳稿據地了。

遞了五張一美元的紙鈔想感謝老闆，他超開心的，一直想與我聊天，不過我們語言實在不怎麼通。我最後才知道，當地婦女是不能拋頭露面的，難怪我見到的多數是男生。

再來告訴大家所謂的「門庭若市」是哪般情景。告別了老闆走出鋪子，我被眼前的盛況搞得動彈不得，鋪子門前大概停有十幾輛驢車，是驢車喔！

驢車是這裡大部分村民的代步工具，而村裡的人爲了來看我這位外星球來的人，所以一傳十，十傳百（可能沒破百啦），大手牽小手，都來圍觀我。哇哩！我只差沒翻個筋斗向他們要銅板。

回到旅社的路上，一掛小孩子仍亦步亦趨地跟著，對於我手中能出現他們影像的數位相機，更是驚呼連連。我初嘗「明星」被粉絲圍堵的滋味，慢步走回了旅社。

總算，凍了兩夜，我與小傑及整個團隊在邊境擊掌相擁了。此刻，天空的星星輪流閃得出奇的晶亮，像是會意的眨眼，終究我們得以仰望到相同的一片天。

讓我喜出望外的還有，我分配到一套隊服，長的，短的，厚的，我終於要與冷顫說掰掰啦。（所以，如果你要到撒哈拉，可別像我一樣以爲這裡是「永夏」啊！）

隔日，我開始上工，成了補給車的一員。

不是蓋的，我的功能性很強。我專門爲三位軸心跑者分別調配他們所需的運動飲料，遞送固體食物，每五公里補給一次，順帶勘查前方的安全性，並時而穿插下車陪跑。

兄弟，你好像被風乾了。
（林義傑提供）

畢竟三人並肩跑了二個月，彼此間可以聊的話題大概都聊完了，而我正好適時入列，輪流與三人瞎扯，來分散三個人身心累積已久的痛楚。

節錄一段我當時的日記來看看，我與小傑一起跑步時聊些什麼：

二〇〇七年二月十五日

清晨四點多，小傑的樣子就是不對。

提不起精神，或許是這三天，連跑三百公里距離太長，腳的老毛病又犯了。

五點多上路後小傑果然出狀況，雷伊貼心走來關切。在第一個五公里休息點等小傑時，我吃了一驚，怎麼辦？

我匆忙換裝陪跑，看能否試著減輕他的痛苦。小傑很喜歡AN（我的六歲兒子），就聊聊AN的趣事。

還好，小傑的笑容慢慢地與柔黃的太陽一塊兒升起。

真不知他捱了多少這種與界臨崩潰拉鋸的日子，還是不要想的好。才短短三個小時，陰天、初晴，暴雨接踵而來，著實體驗了撒哈拉的臉色。

但我知道，應該不用擔心，這只是小傑又一個低檔調整。

苦歸苦，小傑三人今天還是跑了九十五公里，直到月明。

其實一直以來小傑給我的感覺，始終是碰上麻煩時第一個念頭絕對是「如何解決」，而不是「抱怨、退縮」，我很少聽他聊過負面的情緒，因爲他總是把負面的想法視爲理所當然，他知道要做任何事都有甜與苦兩面，把苦吞下去，最後就嚐得到甜美的果實。在這一百多天內，他所經歷的苦難以計數，而他總是可以在隔日再度舉起雙腳，繼續跑下去，我相信運動是可以跨越種族與國界的，林義傑用雙腳所淬煉的至高心理堅韌度，成功地向世人詮釋了運動的可貴，也展現了他內在不凡的堅毅性格。

尼日軍人全數被叛亂組織擊斃的噩耗

進埃及第三天我陪小傑共跑了一大段，還閃過一堆散落的彈殼。看著地面遺留下可能是衝突過後的痕跡，小傑低吟道出在一月十四日剛由

沙漠裡的石礫看起來很有個性。　（林義傑攝）

林義傑被賞了無數款撒哈拉的臉色。
（林義傑提供）

向尼日阿兵哥致敬。他們成功護送挑戰團隊入境利比亞不久，即遭叛亂組織毒手。林義傑與尼日軍人相處種種，竟成追憶。　（林義傑提供）

土瓦雷克族首領莫哈馬是這片土地的英豪，領著團隊克服關關難關。　（林義傑提供）

北非國境潛藏許多人類埋下的危險，也散落先人所留下如林義傑頭上的石器。　（林義傑提供）

尼日入境利比亞當天發生的慘劇。

「那天與保護我們快一個月的一群尼日軍人在邊界道別，輪到利比亞警察負責保護團隊。才進入利比亞不久，我們就接收到那群尼日軍人全數被叛亂組織擊斃的噩耗，原因可能是歹徒鎖定他們的車裝槍械，並懷疑他們身上有我們送的財物（團隊根本沒餽贈軍方金錢），真是老天啊。」

可見，挑戰團隊已經被該組織覬覦很久。

小傑念念不忘與尼日軍人們相處的點滴。平時尼日軍人會保持一定距離，避免打擾到跑者，不過若三人走近想要與他們哈啦，軍人們會眉開眼笑的歡呼迎接。

只要小傑他們用食指比出扣板機的手勢，軍人們還會大方的讓坐，空出位置讓三人拉拉機槍座過過乾癮（有關上保險）。然而最擔心的憾事，還是發生了。

這也就是挑戰團隊每晚的紮營處，都得深入沙漠甚至十來公里的原因，目的就在防止蹤跡被掌握遭偷襲。

團隊全程聘請的土瓦雷克族首領莫哈馬就提到：「整個撒哈拉有許

雖然僅是生命裡的極短暫相遇，
土瓦雷克朋友們待我如兄弟。

許多多擁槍的劫匪組織，而挑戰團隊有六輛補給車與紀錄片攝影車，目標相當明顯，我們能平安的到埃及，是老天保佑。」

莫哈馬謙虛了，他所領銜的土瓦雷克族，是撒哈拉有名強悍的民族。他們很瞭解撒哈拉環境，所以團隊請來的司機、廚師都是莫哈馬的族人，團隊沒遇上危及性命的險境，眞多虧有土瓦雷克的朋友維護在側。

小傑接著說：「不久前我與查理在一片鐵絲網旁尿尿，還沒尿完，背後兩個利比亞警察突然失心瘋的用阿拉伯話狂叫。」

「他們一個手比著地上，一位作出要我們後退的手勢；等到看向地面，不得了，我們把地雷尿出來了！」

那是小傑他們最接近地雷的一次。爲了防止所謂的敵人侵入，廣漠的撒哈拉被人類暗藏根本無法統計數量的地雷。置身這片有無數詭譎臉譜的大地，彷彿你隨時可能沒入一場沙漠風暴裡，但細細去理出因果，人類掠奪爭戰的險惡，其實才更可怕。

還好，憑藉周全的計劃，世紀征途最終得以達陣，而我也天天受到善意的潤澤，好多感動來自於土瓦雷克朋友們。隊裡的廚師們大多靦

牲畜的數量代表著撒哈拉子民財富的多寡。
（林義傑提供）

腆，他們總是默默地、規律地替大家打理三餐。他們卻也是最能從旁冷靜觀察來自臺、美、加、英國、尼日所組成的團隊，每位成員性格的一群。

由塞內加爾開始，小傑與土瓦雷克工作人員的互動，就比隊上其他「西方人」還密切。即便語言不怎麼通，廚師們說法語，小傑英語配肢體動作，雙方之間仍可以自然的親切交流。

就因廚師們能感受到小傑真心相待，身為小傑好友的我，也得廚師愛屋及烏用「同一國人」的友好方式善待。

幾乎每個晚上團隊紮好營地準備吃晚餐時，廚師「摩摩」或「夏夏」，都會在我的餐盤上加料，不是多放一些羊肉，就是多一些廚師他們自己愛吃的麵條。而我能回贈給他們的，就是滿心接下餐盤，全部吃光。

說到了三餐，含紀錄片攝影小組在內，多達三十多人的挑戰團隊，三餐全是由七、八位土瓦雷克族朋友打理的。基本上三餐菜色幾乎一樣，早餐是法國麵包配現泡的牛奶、咖啡粉；中、晚餐的主食多是蕃茄義大利麵或燉羊肉，配上罐頭蔬菜佐以廚師特調的醬料。

前幾夜，我們就在距離金字塔不遠的地方紮營，煮紅茶。

之所以用罐頭蔬菜，是確保飲食衛生最佳的方式，可避免不潔食物引發的傳染病；羊肉也是司機伊蘇夫固定時間找到就近村落，買市集現宰的新鮮貨。

有一晚趁著飯後廚師們圍著營火，我拿出從臺灣帶來的烏龍茶犒賞大家。水滾了，沖入放好茶葉的小鐵壺，大夥兒再以鋼杯輪著喝。光想到在異地能喝到地道的家鄉味，就倍覺幸福，我也猜測摩摩他們應該會很滿意……。

惟他們的表情並非我所想的，每個人輕飲了一口，竟然都是「有苦難言」的臉。

我從小即跟著父親品茶，自詡是不錯的泡茶能手，應該不至於沏過了頭才是。正當納悶著，好心的夏夏比了比，接著由廚具裡拿出一大包糖，一匙、兩匙、三匙……。夠讓人驚心的，夏夏大概倒了有半個鐵壺滿的糖，攪拌之後再喝，廚師們臉上終於出現滿意的神情。

我這才想起，他們愛煮紅茶，而且加糖仿如不用錢般狂倒。我可開了眼界，一壺烏龍茶加半壺糖，唉呦。

二月十六日晚是咱們的除夕夜，看著小傑悄然的樣子，我知道他在

來到終點紅海旁，三位世紀征途的挑戰者林義傑、查理與雷伊，哭了又笑，讓我捕捉到這經典一幕。

想什麼。出發前他與媽媽約好會在過年前完成挑戰回家吃團圓飯，這下是沒辦法兌現了。

我塞了個事先準備的紅包放在他手心，他頓了好一會兒，一臉感動。沒等他說出口，我便大喊：「新年快樂！」

那一晚月亮就像臉盆那麼大，風也吹得特別響。我在帳棚內穿上兩件外套再裹上睡袋，身子仍不住顫抖。

「文祺，足歹勢（臺語），過年了也把你困在這裡！」

我踢了踢包著睡袋看起來像飯糰的小傑：「我以後每一回過年，都會記得我們曾經一起在撒哈拉過年，你說，這是多高興的事，快睡吧，新年快樂！」這是我第一次過年離家如此遙遠，見不到家人，吃不到母親親手料理的澎湃團圓飯，但是人生能有幾回這樣的「壯遊」，能在沙漠中吹著冷風想念家人，也是一件幸福的事。

三天後，挑戰團隊終於到達終點，眾人在埃及紅海邊擁抱著、狂叫著，恣意讓淚水沒入紅海。

看完這趟撒哈拉大冒險，是否意猶未盡？那容我來倒帶，放上當時我在撒哈拉世紀挑戰最終回的報導。

111天7500公里長征　寫下人類紀錄　跑抵紅海林義傑征服撒哈拉

（摘錄自二〇〇七年二月二十一日　中國時報頭版頭條）

【曾文祺／埃及紅海報導】

經過一百一十一天，約七千五百公里的征途，臺北時間廿日廿二時四十五分，三位世紀挑戰隊成員臺灣林義傑、美國查理、加拿大雷伊，於終點埃及紅海旁激動相擁滴落英雄淚。這是人類首次寫下徒步橫越大撒哈拉沙漠的世紀紀錄。

林義傑泛著淚光說：「我拿到了回家的車票。」締造人類紀錄的當下，林義傑說了這單純的一句話，只因他想家已久。

去年十一月二日起，世紀挑戰團隊由撒哈拉沙漠最西緣塞內加爾開始東行，經茅利塔尼亞、馬利、尼日、利比亞，一直到撒哈拉最東邊埃及紅海旁，共穿越了六個國家，總距離由原先規劃的六千五百公里，到最後因地雷危機、沙漠風暴及政治因素，使得實際距離拉長為約七千五百公里。由這個極大差異數據，就可一窺撒哈拉帶給挑戰成員的考驗至為嚴酷。

面對撒哈拉的朝陽，
三位挑戰者已從日落跑到日出。

雙腳都是傷　最後五天煎熬

在最後五天的征途中，三人長征距離超過六百公里，總共只睡眠五小時，前天至昨日甚至進行了驚人的「non-stop」連續三十六小時不眠不休行動直到終點。

林義傑雙腳無一不是傷，他甚至在半天之內可以耗損一雙跑鞋，整個挑戰期間約有百分之七十的時間天天因病毒、壓力而腹瀉。雷伊是接受點滴最多的人，昨日凌晨一度倒在補給車前，血便讓他痛苦萬分；二〇〇五年埃及撒哈拉七天六夜超馬世界冠軍、有著堅毅性格的他，甚至因疼痛而落淚。

查理雙腳膝蓋磨損到最後以跛著腳來到紅海，在整個長征過程中，一度因為身心無法調適幾乎與女友分手，還好苦盡甘來，兩人在埃及古夫金字塔前，得到尼日土瓦雷克族頭目莫哈馬的證婚。

爭取水資源　紀錄意義非凡

回首來時路，林義傑道出一個經歷來為征途下註解：「在馬利期

撒哈拉子民安於天命，如果有一顆樹供他們遮蔭，有一頭驢子代步，就夠賴以生存了。　（林義傑攝）

這是撒哈拉公車，別擔心一個窟窿乘客就會掉下，他們的平衡感出奇的讚。　（林義傑提供）

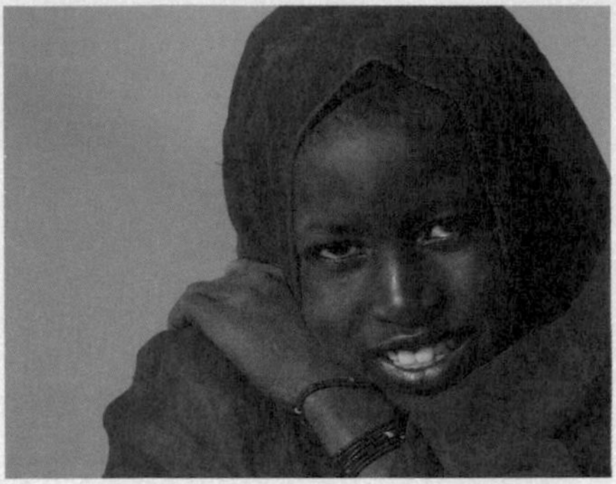

間，我們經過一個村落，一位婦人問我們有沒有醫生，經過司機阿杜瓦翻譯才知道，這個小村落大家都生病了，他們願意用一隻羊與我們換藥；我們進入了村莊了解情況，隊醫Jef親自看診，當然也沒拿他們任何東西，雖然這段插曲耽誤了我們許多時間，但這就是我們為何來撒哈拉的原因。」

這一趟路，幾乎所有團隊成員都感染了病毒，惟世紀挑戰有著為非洲爭取水資源等義行，讓這項世紀紀錄更為非凡。

CNN連線　看見臺灣

（摘錄自二〇〇七年二月二十三日　中國時報A11版）

【曾文祺／埃及報導】

因為林義傑，全球最有影響力的媒體之一——CNN秀臺灣。法新社則以標題「臺灣、美國、加拿大跑者完成撒哈拉壯舉」，ABC電視臺、CBS電視臺、美聯社及紐約時報等國際媒體跟著陸續報導。臺灣，

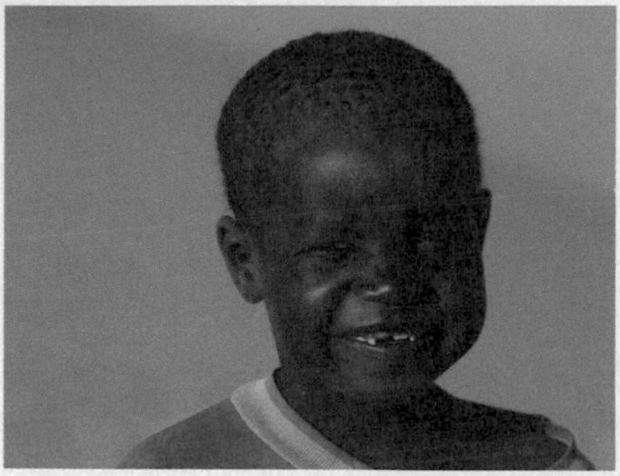

若要選撒哈拉之美，小朋友的笑容絕對是選項。（林義傑提供）

又紅了一次。

開羅當地時間二月二十一日時間晚間六時四十分，CNN進行現場Live連線，由「Running The Sahara」三位跑者中的美國代表查理接受CNN主播訪問。

在訪談中，CNN以影片介紹世紀挑戰的艱辛，並以極富張力的照片來呼應此行的世紀性難度，其中一張就是林義傑正在咬牙前進的照片。他的T恤上印著「Run TWN」（臺灣前進）的字樣，非常清楚的呈現在螢幕上。此刻，林義傑由原本專注的神情轉為開心的笑顏。因為林義傑，諸多國際主流媒體免費推銷了臺灣。

林義傑說：「應該這麼說，這不是我的驕傲，而是臺灣的驕傲，人類首度成功橫越大撒哈拉沙漠的三位成員中就有一位臺灣人，這表示臺灣人有世界上幾乎所有國家都辦不到的能耐。」專訪剛結束，團隊成員歡聲擊掌慶賀。

由奧斯卡金獎紀錄片導演詹姆斯摩爾領銜的團隊，完整拍攝所有一百一十一天挑戰的過程，預計「Running The Sahara」在今年下旬就會陸續在全球播放，屆時臺灣會跟著林義傑而得到最佳的形象宣傳。

我與這位埃及警察大人雖言語不通，不過靠著一顆足球就夠歡樂彼此了。　（一旁的埃及警察攝）

哇，金字塔旁有必勝客！

撒哈拉故事番外篇

對了，我得特別提一下當團隊跑抵終點時，我所碰上記者生涯的一大難關。

所有人在紅海旁淚擁的時刻，也是我由團隊一員變身為記者之時，我拍下小傑他們三人最後一刻手交疊的喜悅畫面。時間已是埃及下午四點四十五分，臺灣為晚上十點四十五分，逼進正常截稿的倒數，我一直緊張著，能否將全球獨家的消息第一時間傳回報社？

其實接近終點那段路，我就一直留意附近有沒有能找到傳輸線路的「文明建築」可供我發稿。後來，我發現一個像似運動俱樂部的建築，不過離終點紅海有好大一段距離。

一拍完照，揹上手提電腦，我拚命往俱樂部方向快跑，時間一分一秒流逝，心想：俱樂部警衛會不會讓我這個突然冒出來的亞洲人入內？裡頭有沒有傳輸線路？他們聽得懂英語嗎？我等會來得及打稿嗎？

後來，我發現用跑的實在太慢了，於是我見到路旁一位開著高爾夫球車的小弟，我馬上遞上十元美金，手指著俱樂部方位，這小弟了解我的意思，二話不說就讓我上車。

到了俱樂部門口，我用英語問了老警衛，他完全聽不懂，卻溫柔慈善的看著我，好似要我別急，然後打了通電話；一會一位約四十歲、西裝畢挺的先生以英語問明我的來意，我快速解釋，輔以肢體動作，甚至雙手合十，連國語「拜託」都脫口而出。

這位看起來像主管的先生，點了點頭，「Yes！有救了，我心想。」

我高興地給他一個大擁抱。他被我舉動嚇了一跳，不過，他也了解我此刻的急迫性，小跑步領著我進入辦公室。

我很迅速地掃視室內，沒有任何電腦，不過我相中了一臺傳眞機。於是換上我的電話線，以撥接方式設定報社發稿系統電話。同時，我發狂似的打起稿子，另外用電子郵件附加上終點照片。

類比式撥接的聲音響起，「嘟嘟嘟嘟……滴滴滴滴」，螢幕顯示出正在傳送稿子的影像，發稿成功。此刻，臺灣時間晚上十一點三十五分。

感謝老天，感謝老天眷顧。

後來，當我告訴小傑將撰寫這本書時，他開心「哇」了好大一聲，並說：「我好想知道你是怎麼看我的！」「那你就等著瞧。」

敲著鍵盤，這篇歷險記也走到了終點處，能有如此經歷心裡滿是感恩。

後記

TO小傑：你送我的這張「撒哈拉機票」，是我至今人生最珍貴的一張門票，得以讓我體驗非凡的冒險旅程，終點那一天，我沒說出這些話，但我知道，你瞭。藉由這本作品，我說出來了，謝謝你。

林義傑與我在中視攝影棚聊世紀挑戰。
（中國時報提供）

04

樂在大聯盟

造訪道奇、費城人、洋基與國民隊等球場

話說回來，我能以記者身分看免費球賽，親臨這些充滿特色的球場，還能得到球團禮遇對待，最令人稱羨的是大球星就在面前，接受我的採訪，這款尊榮體驗，就夠我找個空地歡呼，工作旅途中的寂寥算不上什麼。

國民球場是王建民復出後的
主舞台，除了有殘酷戰局，
還有國民球團對他的情義。

在美國國鐵車廂裡望見剛添新裝的櫻花樹。

就像候鳥，一定季節便會展翅飛往天生就預訂好的遠方歸宿，過冬禦寒、娶妻下蛋。這兩年開始，只要美國首府華盛頓的櫻花綻放粉紅與帶綠的白花，就是我準備打包行李，飛往美國採訪棒球最高殿堂大聯盟的時節。

與季節候鳥不同的是，我這種會跑步的候鳥並沒有一定的歇腳處，而是隨著採訪需要到處趴趴飛，一個城市接一個的遷移，甚至一個禮拜周遊三個城市。

我還滿喜歡這種天天挑戰色彩全不同的日子，特別是二〇一一年那一趟旅程。

我之所以成爲人模人樣的候鳥，都是拜「臺灣之光」王建民崢嶸大聯盟，於第一豪門紐約洋基隊當上王牌，順帶颳起國內大聯盟熱潮所賜。

不過二〇一一上半年那回，王建民還在努力復健中，距離重返大聯盟投手丘還有一段時日得走，在無須追隨「第一男主角」的賽程之下，反倒讓我的美國行有更大的採訪空間，容我自主決定採訪路線，可用更寬廣的新聞角度，帶領讀者一探美國大聯盟，也讓我飛得自在悠揚。

道奇球場三壘區後方，賣熱狗的美麗姑娘。

在看臺吃道奇熱狗，滋味普通卻別有一番樂趣。

洛杉磯：沒吃過道奇熱狗不算來過

「沒有吃道奇熱狗，就不算來過道奇球場」這是藍軍道奇球迷的口頭禪。道奇熱狗「Dodger Dogs」眞那麼好吃嗎？我只能說，口味一般，重在氣氛。

雖然道奇球場本壘後方看臺記者室內有提供免費的道奇熱狗，我還是來到三壘區後方販賣部買了份熱狗加可樂，安坐在看臺悠閒曬曬加州的陽光，短暫體驗道奇迷嚐招牌熱狗的滋味。此時，目光掃過場內草皮，道奇強力左投郭泓志與隊友正在拉筋做暖身操。

道奇熱狗要說特色，並沒有太特殊，就是由純牛肉或是混合不同種肉類製成的熱狗搭配麵包，餐車上會有各種調味料隨你自己配，基本上一份五美元。

不知道是不是不同國家個人口味有差異，我個人認爲，口感還不如臺灣便利商店裡的「大X飽」來得爽脆飽滿有嚼勁，但，吃道奇熱狗主要目的並不在食物的「味道」，而是「吃熱狗」這件事，是道奇迷來球場必要的享樂元素。若有機會遊洛城，建議你搭配個行程到道奇球場看

2011年道奇球場開幕戰熱鬧滾滾。

好球？所有人都等著本壘板後方的判官作出裁決。

球配熱狗，那股氣氛絕對讓你迷醉。

一九六二年啓用的道奇球場坐落在洛杉磯中部的小山頂，是全美可容納最多人的棒球場（高達五萬七千零九九個座位），周圍環繞著可停一萬六千部車的超級大停車場。

球場吸納了慵懶的加州陽光，特別是比賽適逢落日時分，半黃暈紅的晚霞反照在計分板上尤其醉人。

對了，還沒報告，這一天是道奇當家的球季開幕戰，球團闊氣地舉辦了熱鬧滾滾的開幕儀式。找來世紀男高音多明哥引吭高唱美國國歌，B2隱形轟炸機畫過藍天。

洛城人看球就是這麼好命。四局才姍姍到場，看球配熱狗、啤酒、花生，盡興地隨樂聲、加油聲呼喊，八局比賽還沒結束就又離場（怕塞車）的景象常見。所以咱們郭泓志第八局上的狂野中繼，有些球迷並沒被野到。

道奇球場爲大聯盟人氣前三，是出了名的「玩樂球場」，攻守交換時與球迷互動的餘興節目招式超多，八局上甫結束，現場大螢幕旋即打出「Kiss Cam（親親鏡頭時刻）」字樣，被鏡頭帶到的情侶們很內行，

2011年在洛杉磯採訪時接到緊急任務，前往車程4個多小時的加州米遜丘，採訪高球球后曾雅妮該年的第1場四大賽納比斯科錦標賽。

馬上配合歡喜擁吻，霎時全場陷入一面「吻」海。

這就是百年大聯盟棒球的魅力，看球，幾乎是美國人生命裡不可或缺的一部分，輸贏，有那麼重要嗎？

聊到了投手丘上狂野的郭泓志，讓我來說一個開幕戰第二天所發掘關於他與「道奇之音」Vin Scully 這對忘年之交的小故事。

「*Ladies and gentlemen, the Brooklyn Dodgers are the champions of the world.*」

這是一九五〇年起爲道奇隊播報至今的八十三歲「道奇之音」Vin Scully在一九五五年，洛杉磯道奇隊前身布魯克林道奇隊拿下世界大賽冠軍時，透過麥克風說出的一段雋永話語。

Scully先生播報這場道奇開幕戰，是他爲道奇獻聲邁入的第六十二個年頭。他於一九八二年被選入「棒球名人堂」，兩千年美國體育播報員協會（ASA）將他評爲「世紀最佳廣播員」。他那彷彿讓周圍空氣都被吸進老式留聲機的磁性嗓音，早已刻入許多大聯盟球迷的腦海中。

名聲滿載的Scully 卻非常欽佩郭泓志，每當他踏上投手丘，老史一定會來上這麼一段：「泓志‧郭生涯歷經四次手術還能屹立，實在太傑出了！」

費城公民銀行球場的夜戰方酣，當晚臺灣囝仔胡金龍也登場。

我與Scully聊了一些郭泓志的事，越聊越有共同話題。不久，我也把Scully先生親口對我說欽佩郭的一番話轉達給郭泓志。郭泓志以耳際兩側推平、中間髮尾上竄的新髮型投開幕戰，春風得意地他一說到Scully就像談一位傳奇：「在我心裡他是一個地位崇高的人！」我才知道兩人只要碰面總會聊上幾句，可見即使這對忘年之交只是道聲問候，話語裡都含有互敬的意味。

在洛杉磯的五天裡，我上網爲自己下一個驛站——費城，訂妥美國國內線班機與宿住當地的飯店，然後搭了整整五個半小時的飛機，就像電影《西雅圖夜未眠》裡的一幕，美國地圖攤開，用虛線由西岸畫向東岸一樣，兜、兜、兜的，我就這麼來到東岸的「友愛之城」費城。

來這的目的是採訪首度披上紐約大都會戰袍的胡金龍，隨隊來到費城火拚國家聯盟霸主費城人隊。

費城人吉祥物「Phanatic」被《運動畫刊》譽為「史上最棒吉祥物」。

費城：永遠爆滿的球場

一八六一年從費城搭火車到華府上任的美國總統林肯，若穿越時空回到費城，那他應該也會被年紀小他不多的費城人隊搞的創意給折服，然後在公民銀行球場吃吃喝喝，被吉祥物「費納提克（Phanatic）」模仿，甚至名字被刻在中外野全壘打圍牆外的「名人牆」。

我在南費城的費城人隊大本營公民銀行球場，開始豔羨費城人球迷怎能擁有這麼華麗的看球園地（若要挑缺點的話則是離市區較遠）。

以獨立宣言起草、美國憲法簽署的「友愛之城」費城爲大本營的費城人隊，本身就是一本鮮活的榮光棒球史。費城人於一八八三年創隊，就用「Phillies」這個全大聯盟最古老的隊名至今。話說費城人以歷史傳統自豪，球團玩運動藝術的新意也是一絕。費城人的公民銀行球場是二〇〇四年啓用的新球場，看臺座位以「球迷在視覺上更接近場

地主費城人隊球員轟出全壘打那一刻，公民銀行球場的自由鐘就大搖大擺的響起。

記者餐廳供應多汁的在地肉餅。

公民銀行球場中外野後方的BBQ燒烤香，有時還會飄到場內招惹外野手。　（曾文祺攝）

熱誠的費城人球迷 Tony 成了我的球場導遊。

內」爲設計初衷。

我遇見了一位正在大啃烤肉包的忠誠費城人球迷Tony。他熱心地當我十分鐘球場導遊，爲我解說。Tony手指向天際：「我們從這裡（內野）往外，你看，可以一眼望盡整個費城！」

傍晚邊看球賽邊欣賞華燈初上的費城，眞是絕景；左外野高聳的電子看板燈光閃爍時，很能撩起球迷更激昂的情緒。爲製造戲劇性長打，全壘打牆採不規則特殊設計，最有特色的是中外野全壘打牆偏左的「凸角」（The Angle）。尋常棒球場的全壘打牆是呈弧線狀，這個牆角就特別了，在左中外野處向內野方向呈兩百七十度左右凸出，往往讓遠道而來的客隊外野手，在處理撞牆球時很窘，搞不定球反彈後的方向。

在地人最亢奮的時刻，莫過於費城人球員一轟出全壘打，中右外野自由鐘霓虹燈（仿照市區自由鐘）就搖動、閃爍及響起鐘聲，滿場球迷會很有共識的起立歡呼，而買站票擠爆鐘下走道的地主球迷更是手舞足蹈。

球團很自豪地把費城正港美食帶進球場，如起司牛肉——用法國麵包包滿牛肉、乳酪、蔬菜的潛艇堡；而中外野觀衆席後方的艾許朋小徑

（Ashburn Alley，紀念名人堂外野手Richie Ashburn）附近，還有香味亂竄的BBQ燒烤。

有這些好玩好吃的，加上球團壯大，也難怪公民銀行球場於二〇〇九年創連續一二七場滿座的驚奇紀錄。一直到我造訪的首戰，連續滿場紀錄又推進到一四〇場。

在公民銀行球場記者室四、五十個記者裡，就我一個亞洲人，若說可憐一下自己，確實難免有形單影隻的孤獨。

不過寂寥也只是一晃眼的感覺，幾天下來的互動發現，多數記者都滿友善的，尤其對我這個遠道而來的臺灣記者，也會靠過來打屁、寒喧。見我賽後採訪完球員，自己拎著筆電步出球場，有幾個外國記者朋友亦會主動示意載我一程，《紐約時報》David就是其一。

話說回來，我能以記者身分看免費球賽，親臨這些充滿特色的球場，還能得到球團禮遇對待，最令人稱羨的是大球星就在面前，接受我的採訪，這款尊榮體驗，就夠我找個空地歡呼，工作旅途中的寂寥算不上什麼。

在美國採訪的日子就是這樣，如果沒碰上臺灣媒體，我就得全程說

公民銀行球場滿座是常事，幾乎場場賣站票。

英語，雖然，我的英語溝通能力沒太大問題，不過，這就好像天天吃漢堡，吃久了還是會想念臺灣菜。所以我很喜歡來球員更衣室找胡金龍聊天，除了探訪他在美國的生活之外，也趁機多說一些國、臺語，以熟悉的語言填補一些思鄉的情緒，多少也有驅趕寂寞的功效。

「賢拜（郭泓志）最近怎麼樣？」胡知道我才從道奇過來，問我郭的近況。

「還是一樣很屌啊！伊叫我甲你講，好好努力，哪一天碰上了，我們場上來輸贏！」

「他是大聯盟最強的中繼投手耶！」胡提高了一些音量，笑著說。

「你驚他喔！」我用臺語開玩笑的回胡金龍。

……

在異地碰上故鄉人能用臺語哈拉，那種只有你懂我、我懂你的暢快感，已不是「爽」所能形容，我們兩個常常一聊就欲罷不能，這種一股腦拚命想說臺語的念頭，我想，小胡多少和我也有同感吧！

紐約：孕育傳奇的洋基球場

對於出現在懷舊電影裡，座位寬敞，車體寬大的美國國家鐵路「Amtrak」，我早就很想感受感受。剛好藉由費城北上紐約的機會，我興致勃勃地在網路上訂好車票，打算上車哼哼Frank Sinatra（法蘭克辛納屈）的《New York New York》。

實際坐起來，國鐵給人有待在鋼架裡安穩舒坦的體驗。國鐵不比往來歐洲列車來得快速和準時，卻有它自己悠悠哉哉的味道。難怪鐵道迷們還是很享受兩層式設有臥舖的美國國鐵，由東岸到西岸，坐上四天三夜悠閒地細細品味窗外美國大陸變幻無盡的景色。

來到紐約前往新落成的洋基球場，很大的想望是體會百年洋基隊所蘊藏無上榮光的棒球文化氣息。雖然王建民已經不是洋基人了，但洋基還是洋基，至高無上。

我是體育記者，也是個棒球迷，就請容忍我講古一下。

我來到紐約的那天午後，霪雨霏霏，先走過對街的老洋基球場，得到球場工作人員的引領，走到香水百合綻放的新洋基球場中外野牆外紀

洋基球場電子看板秀出正在打擊的史上身價最高人物 A-Rod 之個人檔案。

一位志在大聯盟的小朋友，在洋基球場紀念公園先和傳奇貝比魯斯打聲招呼。　（曾文祺攝）

花旗球場吧臺也是看轉播好地方。

紐約的花旗球場看板穿上霓虹美裝。

念公園（Monument Park）。

不可思議的，走入紀念公園，我彷彿沒入歷史的長河裡，周遭流洩著收音機所發出，時傳雜訊的激盪轉播賽況聲。

凝視著傳奇球星貝比魯斯Babe Ruth、鐵馬Lou Gehrig、Mickey Charles Mantle、Joseph Paul DiMaggio與名教頭Miller Huggins的紀念碑，我假設自己若在那些傳奇的年代，坐在老洋基球場會有何等情懷。

貝比魯斯曾誓言：「即使讓我少活一年，我也要在新球場的開幕戰轟出全壘打！」魯斯眞的做到了，而假如我就在一九二三年老洋基球場的落成開幕戰見證歷史，我要怎麼描述那一段？叼著雪茄，對人眨眼，是魯斯迷人的招牌，如果我就在那，捉住魯斯眨眼的瞬間，我又該如何形容他的神韻？

一九〇一年創隊的洋基，乘載了無數豪傑軼事，球星名氣響、薪資頂級，風花雪月的緋聞也醉人；二十七次世界大賽冠軍、三十四位名人堂成員，每位世代球星的風雲，都足以拍成熱淚盈眶的史詩電影。

我的正事是採訪洋基隊救援王Mariano Rivera與洋基隊長Derek Jeter，因爲兩人在這一年將分別締造傳世的歷史紀錄，而再過數十年後，應該

大概是因為過去有王建民效力之故，洋基球場也賣中式餐點。

也會入列球場外野的紀念公園裡。

人稱「Mo」的Mariano即將超越Trevor Hoffman的六〇一場救援成功，成爲大聯盟終身救援王。

我步入洋基更衣室，身旁的洋基王牌投手CC Sabathia剛淋浴完，下半身只裹著一條大浴巾；王建民的好友Robinson Cano正和史上身價最高的A-Rod打屁，然後，我找到了正在刮走鞋底泥漬的Mo。

問聲好說明採訪來意並得到應許後，我丟出第一個問題：「今年會是『Mo彗星』來的那一年嗎？」他呵呵的噴笑了出來，不願接招。

我再問：「每當你走進紀念公園，看著貝比魯斯、Lou Gehrig這些洋基傳奇前輩的紀念碑，我猜想可能你每回心情都會爲之悸動吧？」

「喔，我每進去『見』他們一次，看著碑上記載的傳奇事蹟與紀錄，我就再一次感覺前輩們的不可思議，我們無法與他們並談，只能用崇拜的角度。眞的，是『崇拜』！」

「你在洋基第十七年了，大家都知道你會是『永遠的洋基人』，而且等待你超越六〇一這個數字，你自己怎麼想？」

「我要自己不去想六〇一，精確地說，我不想給自己壓力；你知道

這一天採訪結束來到紐約地鐵站，已是深夜11點多很多。

大都會隊球場開幕戰蹦出的招牌蘋果。

人還沒到大都會主場，球團已安排好我的記者席座位。

大都會花旗球場珍藏的海報。

的，我衷心盼望能當永遠的洋基人，那是我一生的榮幸。」

很美妙的對談。有別於他在投手丘上面臨緊繃戰局時面無表情的「冷處理」，Mo 時而有讓人倍感親近的微笑，讓我也輕鬆了起來，一掃大明星不認識你、又得硬問的尷尬。

五個月後，Mo 如願打破紀錄，成為百年大聯盟的救援至尊。

差點忘了，我在紐約所住位於皇后區法拉盛的皇庭飯店（BEST WESTERN PLUS Queens Court Hotel），是一對臺灣來的老夫婦開的。他們人很親切，碰到我就說臺語，不但為我換大房間，還親自帶我走一條沿著地鐵能逛風景的小路，而且只需要二十分鐘左右，就能輕鬆走到紐約另一知名看球天堂——大都會花旗球場。

老闆娘玩笑說，我以後回臺灣要幫他們的皇庭飯店推薦一下，所以呢，我這就打一下廣告。房內電視還有慈濟大愛臺，出外看得到家鄉戲劇，鄉愁頓時少很多。此外飯店附近還有不少中式餐廳可解饞。

不知道這是不是「求生本能」，人在異地，總希望找出一些能連結家鄉的人事物，能說相同的語言、看熟悉的電視劇，這幾天的飯店住宿也是我旅途中一段難忘的記憶。

華盛頓：櫻海之都

由紐約Penn Station車站搭美國國鐵到首府華盛頓車站的三個多鐘頭裡，窗景迤邐著賞之不絕的、明信片般的麗景。潟湖式的海灣，巴爾的摩紅教堂，蘆葦叢跑出排成一隊的圓圓小白鳥……。途經每一車站旁所見的樹梢招搖，都像是對你招手「下車，下車，別急著工作！」

眞的步出華盛頓車站的大門口，我想多數旅人會和我一樣，有來到日本東京上野公園賞玩櫻花的幻覺。

眞的不誇張，不經意一望，華盛頓DC俯拾皆有櫻花的芳蹤，公園裡，街角處，路燈下，無處不芬芳。尤其在春之時節，整個DC如畫上了東方和式的粉彩唇色。

每年三、四月花季飄散的浪漫景致，恰如其分地溫柔了華盛頓首府原本給人的剛毅印象，吸引全球遊人沓至。所以如果你要來賞櫻，飯店得早訂。

我這趟華盛頓之旅，主要是造訪王建民新東家華盛頓國民隊，爲讀

4月中旬的美國首府華盛頓，
俯拾皆有櫻花。

陽光裡華盛頓街景。

國民球場的總統吉祥物，與櫻花相映成趣。

美國國防部五角大廈與國民球場都在首府，保家衛國的軍人就成了國民球團常邀約的貴賓。

者帶路，探探王建民復出之後的主舞臺——國民球場，不是來賞櫻的啦。

國民球場被譽爲「最體貼球迷，看球無死角」的球場。眞的這麼「感心」嗎？

我實地走了一趟，上到最便宜的十美元看臺最上層，確實覺得距離場內不是那麼遠。我與一堆國民球迷攀談，多數人也都認爲，不管坐在任何位置，座椅都會很自然的朝向本壘，而不會像一些球場必須轉頭看才行，可以清楚地觀賞自己所欣賞的球星。

美國是個很尊敬軍人的國度，因爲戰士們眞的得爲國家遠赴海外戰場，而美國國防部五角大廈就在華盛頓，所以球團幾乎場場邀請軍人來看球。

賽前或攻守交換時，可以聽到球場主播莊嚴的介紹今天到場的軍人團體，此刻，無論競爭的兩隊或是場邊上萬的球迷，都會熱忱地起立感謝軍人們的貢獻。

談到了球迷對球員的仰慕，很多人都曾問過我簽名球一事，我是採訪到了國民隊的看板球星Ryan Zimmerman、主力球員Jayson Werth

國民球場餐廳，讓人能一邊賞球一邊品嘗美味。

等人，但我必告訴大家，我是無法爲任何人，包括我自己拿到Ryan Zimmerman等人的簽名球。因爲，不可以。

藉這篇大聯盟遊記，我來和大家聊一點棒球記者採訪大聯盟的喜樂與禁忌。上述提到的「不可以」，是因爲職棒球員的簽名球屬於有價物品，所以記者不可以藉由採訪之利，向球員要簽名。前幾年就有一位日本記者向洋基隊某球星要簽名被工作人員發現，隔日便遭摘除採訪身分。

說實在的，記者是很受大聯盟球團所禮遇的一群。只要申請採訪獲准的記者，賽前都會有固定的三十分鐘左右，得以進入球員更衣室進行面對面採訪；除了參與賽後記者會，賽後也可以再至更衣室，針對你所擬好的問題找到所設定的球員發問。

只要問題得體，即使再大咖的明星也會樂於回答你的問題，這完全是當一位棒球記者最大的福分；況且更衣室是球員最放鬆之地，他們最舒放的一面也都「坦白」呈現在我眼前，許多有趣的新聞素材就是這麼來的。

球團也很體恤記者採訪比賽時的辛勞，直接在記者室後方設有媒體

國民球場吉祥物送記者蛋糕。

知名的娛興節目——國民球場總統人偶賽跑。

那一晚洋基球場的氣溫不到10度，我在記者席打稿有點「凍未條」。

餐廳，並有專門的廚師為大家做料理。餐點是吃到飽，包含當地特色料理，一餐約八到十美元，口味上我個人覺得料理得很有水準；而咖啡與可樂之類的飲料，則是全場免費供應。

我在華盛頓國民球場結束二〇一一年大聯盟採訪之旅。至今，我仍很懷念當時的一景一物，與願意接受我採訪的一群棒球傳奇。

棒球運動給我的啓發

美國詩人Walt Whitman曾說過：「我從棒球運動受到很多啓發，這是我們的運動，美國的運動，那會彌補我們的失落，給我們祝福。」

走過這一趟大聯盟巡禮，比我之前赴美的其他採訪更能放鬆心情，滿心汲取到「有棒球看眞好」的味道。常浮現腦海Walt Whitman的雋永名句，我終於心領神會了。

05

吳興傳，正面迎擊

打不倒的抗癌鐵漢

早在被診斷出罹患大腸癌之前，吳大哥已經承諾光仁社會福利基金會，在八月承辦為身心障礙同胞而跑的「光仁陪你慢慢跑」路跑賽。

他才剛做完一次化療，身子孱弱地沒什麼力氣，一方面還得撐起精神，打理著愛妻將出殯的後事。

「文祺，我不會被打倒的，你要看著我！」

扛起自由車，遭遇橫逆，正面迎擊，這就是吳興傳。（吳興傳提供）

一九九九年七月十七日深夜，我側躺在玉山知名的排雲山莊大通鋪，準備隔日一大清早攻頂，希望早一步採訪到十四位臺日韓三國盲友登上頂峰時的精彩時刻。

那一晚我近乎失眠，不是因爲患了高山症難以入眠，而是原本最多只能容下三十人的通鋪，此刻卻擠進了包含盲胞與義工在內共一百五十人團隊，每個人就像沙丁魚，一個翻身，整排的人就得跟著動。

緊挨在我左側的就是任職木柵動物園的嚮導義工吳興傳。當時我們還不認識，對他第一眼的印象是：不笑時一臉威嚴，有將軍的味道。「曾記者，你冷嗎？我有多一件大外套，凌晨上山時，你可以披上。」我們後來聊了起來，溫暖、親切的語調，輕微上揚的臉部線條，扭轉了我對他「以貌取人」的嚴肅印象。

這次前來採訪，過程一整個匆促，從炎熱的都市急忙趕來，等我上了山感受到寒意，才意識到我竟然只穿了一件薄外套就來到了只有攝氏六、七度的玉山，白天大夥兒攀爬的沿途，他注意到我穿得太過單薄，於是，特意讓出了一件外套給我，化解了我的窘境，也暖了我的心。

後來回味那段封存已久的往事才驚覺，我與吳大哥在玉山有了生命

吳興傳身後的排雲山莊是我與他結識的神奇境地。（吳興傳提供）

的交集，或許隱隱之中早已命定。我之所以穿得單薄引起吳大哥注意，轉折點出在報社內部一個緊急任務更動。

登玉山的前一天下午將近五點，我開車抵達新莊棒球場，準備採訪當晚一場中華職棒賽事。車還沒熄火，便接到了報社長官的電話，臨時指派我得在深夜之前趕到阿里山青年活動中心與盲胞登山團隊會合。

說來有些誇張，那回上玉山之前，我根本沒有任何登山經驗，更別提家中是否有一丁點登山裝備。任務急促，我匆匆返家只將一件白色帆布薄外套塞進筆電背袋，就趕往松山機場。

那一晚舟車簡直如「打火救命」。我從松山機場趕搭飛往嘉義水上機場的國內班機，再花三千塊包計程車由機場直奔團隊下榻位於山林內的阿里山青年活動中心。當抵達四下覷靜地只剩蟲鳴的活動中心時，正好是凌晨一點。

幾乎所有人都入睡了，沒人搭理我這個不知道從哪裡出現的毛頭小子，而累得快趴倒的我，也沒多想，找了個位置貼著大廳的牆垣，倒頭就睡。

登山那一天清早，大部隊來到玉山入口塔塔加鞍部，我的糗態全攤了出來。

所有成員都揹著大大一袋登山背包，腳穿酷斃了的厚重登山鞋，個個都是甲級裝備，相形之下，我成了「異類」。大家的目光紛紛投射在我身上，因為我的裝備簡直像是來踏青郊遊：薄薄的外套，加上一雙跑鞋。

一位當地原住民嚮導很不客氣地對我說了一句話，我仍牢牢記得：「小兄弟，你這樣就要上去喔？」他尾音惡狠狠的上揚。我了解這位嚮導的用意，我想他是覺得我太過輕忽登山的危險性。跑鞋是平底的，根本無法咬住山面的棧道、碎石坡，但是我無路可退，只好糢著跟著嚮導們有樣學樣的攀爬。

「玉山山神，請原諒我這麼冒失就上來，不好意思，請多多照顧，多多照顧。」過程中幾次滑腳，很不踏實地爬在數不盡的「之」字蜿蜒山路，我內心一再祈求。

總算，老天有疼惜，讓我在登頂前得到吳大哥的照應。

若沒有那次緊急任務，我與吳大哥可能會是兩個無緣的陌生人；或者日後也許會在運動場上認識，但絕不會如此交心。

那一年政大路跑賽上千人與會，吳興傳第4名，我竟然也跑第6，站上頒獎台。
（高旻君攝）

情誼就是如此微妙，那一夜相談過後串起了我們的友情連線，我們成了無話不談的好友。回頭一算，原來相識已過了十三年，現在我們每月若沒碰上一次面，或是每週沒聊上一通電話，就覺得好像少了什麼似的獨白感覺。

充滿生命力的勇者

我想寫吳興傳的故事，因爲他的生命有太多的苦情，而我就站在他的身側看著他翻騰，我總覺得像他這麼好的人，老天應該對他好一點，不該讓他經歷那麼多幾乎奪走他生命與心靈的磨難。好幾次，我擔心吳興傳就要被打倒了，身爲朋友我能做就是鼓勵他、安慰他，可是我沒有能力改變老天給他的那一條坎坷人生路，但是，吳興傳一次又一次站了起來，他正面迎接橫逆，縱使那些荊棘將他刺得滿身傷，他都撐過去了。

我想告訴大家這麼一位充滿無以名狀的生命力之勇者，他是吳興傳，他是我的朋友。

他很能跑，四十二公里全程馬拉松個人最佳紀錄兩小時五十二分，是業餘跑者中的頂尖；他的體能絕頂，可勝任登山義工。他原本是木柵動物園警衛室主任，爲了挪出更多時間帶一些盲友走向陽光練習跑步，他自動請調爲警衛。

原本他的薪俸剛好夠持家，他卻長年地由薪水拿出一部分來當作訓練視障跑者的經費，甚至把選手帶到家裡住。或許是太了解吳大哥的性格，吳大哥的太太對於老公的行爲，完全沒二話，朋友來了就是忙著加飯菜。

我曾疑惑地問吳大哥，長久下來生活不會有問題嗎？

他想都沒想：「我爸爸過世前留給我『奉獻』兩個字。我可以透過幫助人，來想念爸爸。還有你看，他們（盲胞跑者）一旦愛上了跑步，他們的家庭是不是也因此更快樂？文祺，這些事不能用『值不值得』去衡量，那些是我覺得我該做的，不做會後悔。」

二〇〇〇年，一起站上日本富士山山頭

擔任盲友陪跑員，必須要儲備更多能量用以引導。在吳興傳的陪伴下，
「阿甘」張文彥完成 42.195 公里新加坡渣打馬拉松。

我們由東亞最高峰玉山結識，二〇〇〇年時再度相偕幫助臺灣八位盲胞挑戰標高三七七六公尺的日本最高峰富士山。

「文祺，你有沒有發現，我們一起高來高去的，從那個山頭，跳到這個山頭？」清晨不到五點，富士山頭的旭日軟綿綿的灑著，我張開雙手暢快大吼一聲：「有啊！好感動啊，吳大哥。」

我的情緒一時雲湧，慶幸自己受到如此眷顧，居然兩年內登上亞洲兩座聖山山頭；也慶幸自己面對此情此景的當下，身旁能有人生裡難得一遇的友人與我同享。

尋常印象裡的山頂應該為尖聳的，正如明信片或是電視鏡頭裡披上白雪的富士山，但是眞正造訪最高處才發現，日本聖山的頂峰是下凹的火山口。我不禁臆想三百年前火山爆發的情景，聖山的背後竟是喜怒無常。

擔任視障運動員的嚮導義工，那絕非滿懷熱血就可以勝任，還得具有好「武藝」、無比過人的耐力、耐心。當然，沒熱血，也絕對做不成。

就如攀登富士山來說，吳大哥協助的是臺灣第一位完成全程馬拉松

富士山腳下，盲胞鬥士與義工們登高一呼，最左邊黑黑的那位就是吳興傳。

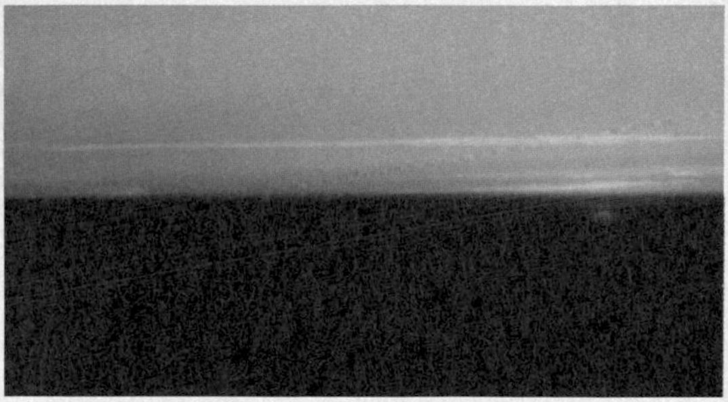

富士山日出的鋒芒籠罩著吳興傳與我。

遠眺富士山很壯麗，真的貼近了才知它熔岩地形的險惡，非常難攀爬。

吳興傳牽著盲胞「阿甘」張文彥來到2007年新加坡渣打馬拉松的起跑點。

的「臺灣阿甘」張文彥。文彥全盲，在攀登的過程全得仰仗吳大哥指引，說得坦白一點，就是「性命交給吳大哥保管」。

富士山挑戰的難度，在於整個山頭表面都是由大大小小的火山熔岩構成，雙腳不易紮穩，稍一不愼熔岩就滑動，況且山徑多呈陡坡狀的Z字型上升。

爲確保安全，每一組嚮導與盲友腰上都有一條長約一百五十公分的麻繩緊緊綁上死結相連著。吳大哥打趣地對文彥說：「我們是生命共同體，你如果掉下山谷，我也會陪著你啦，你不用緊張。」

眼睛看不見，全然只能憑感覺的文彥被說得有點緊張，他趕忙呼喚我：「文祺，那如果碰到什麼狀況，你可要拉住我們其中一人！」

「我看狀況啦！」我也開個玩笑，想化解我們三人已經有點緊張的情緒。

開始進入陡坡後，吳大哥的體能耗損劇增，他不但要注意自己的攀爬路徑，還需分神指導文彥。

「兩點用力，第三點踏穩才能前進！」吳大哥大聲指引文彥，同時也希望周遭盲友能聽到這個訣竅。意思是一手、一腳施力（兩點），第

吳興傳說，在雨中，笑著總比被淋著低頭好吧！　（吳興傳提供）

三點也就是另一腳踏穩時，才能做下一個攀爬動作。

碰上容易鬆動的陡坡，有時吳大哥乾脆整個人趴著，拉文彥的一隻腳放在前方較穩固的石頭上，讓他另一腳也跟上；又或是吳大哥會以自己的腳勾住文彥的腳，帶出安全的路徑。

幸好我有長跑的底子，雖然沒什麼登山經驗，體能還尚能負荷。但來到高海拔地方，空氣稀薄呼吸並非如平地順暢，見吳大哥還能全程照料文彥的每一個步伐，每一分秒安全，這已不是一般義工所能爲的。

過去應該沒有人想得到全盲之人可以摸上山頭。而這群臺灣視障勇士終於也打破常人認爲不可能的想像，完成空前的挑戰，而且攀上的是玉山、富士山兩聖山的山頂。誠如兩趟征途都與會的中華視障路跑協會理事長李昆明所說的：「你如果要問我是如何登頂的，我會說是吳興傳教練他們這群沒有聲音的義工，讓我們化不可能爲可能。」

又如擔任視障陪跑員，吳大哥曾義助張文彥跑出遠南運動會（殘障亞運）全盲組馬拉松金牌，兩人耗時五個小時完賽。

我們想像一下，吳大哥是如何帶視障馬拉松選手完成總距離達四十二公里的馬拉松賽？用牽的？讓選手搭在肩上？

其實，雙方是透過「牽引繩」合作前進。依據競賽規定，牽引繩是由一條圓形繩圈所構成，長度必須在五十公分之內，讓視障選手與陪跑員各執一端。

那吳大哥是拉著選手跑嗎？也不是，應該說是雙方平行的前進。規則為陪跑員不能有拉著助跑的行為，若被裁判捉到兩次助跑犯規，就遭判棄權。

我曾參與一場馬拉松賽，當時就看著吳大哥與視障選手也完成比賽，因此能瞭解吳大哥陪跑的超高難度。

首先，他必須自我訓練到耐力遠超過視障選手，來儲備更多能量用以引導。視障選手的安全就在他手中「一線牽」，他隨時喊著路況，繞過障礙，來避免他們跌倒、涉險；每二．五公里來到補給站，他首要任務是拿水，遞香蕉、巧克力讓選手補給體能，最後自己才喝口水。

透過牽引繩的引導，吳興傳讓視障朋友們戀上跑步，
為他們創造了更正面的生命。

真了不起，2004台北國道馬拉松倒數1公里路，吳興傳還能漾出笑容領著「盲胞阿甘」張文彥完賽。（吳興傳提供）

這種無酬勞的陪跑義工任務，全臺只有少數幾人與吳大哥一樣，有能力而且甘願做。吳大哥總是淡看苦差事：「在大家為視障選手的失明惋惜時，總得有人要拉他們一把，讓惋惜聲變少，讓掌聲陪他們走下去，不是更好嗎？我想到的，只是帶著他們來到終點時，他們能回送我完成比賽的勝利笑容就足夠了。」

吳大哥發現，能跑在陽光下的視障朋友，都是比較樂觀的一群。他說：「如果有能力，你不幫忙他們一下，那對視障朋友與你自己，都是很可惜的。能多帶幾個人跑步，就多帶一點，我是這樣認為。」

吳大哥不只是幫一些視障朋友戀上跑步，創造他們更正面的生命，甚至還培育出一些視障選手成了國手，送他們上國際舞臺。

我在二〇〇二韓國釜山遠南運動會（殘障亞運）現場，看著吳大哥暫放家庭與工作，協助中華國手們爭輝。從旁，我瞧見吳大哥高尚的行止：只要媒體趨近採訪獲獎選手，吳大哥就悄悄後退，讓選手盡情享受榮耀；站在選手後方的吳大哥，表情總是滿足、靜謐。從吳大哥的身上我看見了原來「無所求」的態度，竟是一種更曠闊無邊的享受。

這些年吳大哥陸續帶著一些身心障礙的勇者跑遍臺灣，體驗新生，

聯合國所讚譽「世界最偉大的視障跑者」亨利（右2）來臺，吳興傳請喝豆漿。

也傳遞感動到達許多臺灣角落。

二○○七年，吳大哥率肢障蕭潮樑、視障張文彥、聽障廖永仁、顏面傷殘郭憲輝與唐氏症陳麒仁，於歲末自行車環臺，爲國內急難家庭募得一二○○餘萬元臺幣。

二○○八年，他引領五位盲胞好手，用十三天締造史上首次視障跑者接力環臺壯舉。

每一回吳大哥熱血沸騰，想把朋友們帶出戶外爲他們做些什麼，或是籌畫慈善活動之初，他總會拉著我一起構思；而每一次他千辛萬苦帶大家挑戰成功時，我在終點處都能看見他的大愛，耀著獨特玫瑰色的光輝。

老天的考驗再度降臨

「文祺……」

二○一○年七月深夜，窗外還熱呼呼地吹著盛夏的語言，我接到了一通泣不成聲的電話。

那是吳大哥。哭泣聲讓我感到心涼，著急地問著，電話還在線上，卻好久不做聲，那一頭靜得可怕。

「文祺，我該怎麼辦？」

吳大哥又一聲魂斷肝腸，那是我所聽過世界上最淒涼的聲音。

總算，他說話了。這幾個月來吳大哥沒日沒夜忙著照料罹患卵巢癌第三期的太太，同時還要照顧兩個小孩與面對自己的工作三處奔波，在此刻卻被醫師宣判，他的腹部有兩個腫塊，是大腸癌。

幾個月前大嫂突然發現罹患癌症，吳大哥在錯愕中接受了事實，可是，沒想到老天的考驗再度降臨。

吳大哥那通無助的電話並不是擔心自己的壞消息，而是害怕萬一他們夫妻倆都走了，兩個孩子該怎麼辦。

一時之間，我也慌亂地不知道如何安撫吳大哥，只是一直告訴他「老天不會給你過不了的難關」。

眞的是這樣嗎？其實我暗自懷疑。一個那麼無私奉獻的人，竟落得如此慘境，我開始疑惑這世上是否眞的有公平存在。

知道大嫂病情已不樂觀，幾天後我去了醫院想與她見見面，聊聊

愛做善事的吳興傳，在非洲肯亞某個小學充當康樂股長。
（吳興傳提供）

天。

踏進病房前，吳大哥竊竊對我說：「大嫂還不知道我得了大腸癌的事，兩個孩子也都不知道，不要讓她擔心，千萬不要說出來。」

幾天前，大嫂又動了一次大刀，吳大哥在醫院一直陪著。主治醫師了解大嫂時間不多，明白告訴吳大哥，他只是盡力切除看得到的腫塊，確定「不好的東西」很快又會長出來，要吳大哥有「心理準備」。

病房內，大嫂強忍著痛楚，還想起身幫我倒碗綠豆湯。不過，體力終究還是不行，最後喚來兒子幫忙。

一會後護士小姐進來病房透過導管爲大嫂抽腹水時，她也只皺著一絲絲眉頭。過程中她還要吳大哥注意看：「吳興傳，我的肚子比較消了，有沒有，你看。我很快就可以回家了。」

吳大哥馬上附和：「就是啊，你快點好，回去以後就輪到妳洗衣服了。」

整個下午，大嫂一直向我說著一些出院後她有哪些事要做，或者是出院後要跑跑步、騎騎車，讓身體更健康的事。

病人希望獲得重生的種子在整個病房裡紛飛，但我和吳大哥都知道，那是錯覺。

失去另一半，他還是繼續做善事

大嫂剛過世後，吳大哥還是強撐著進行之前已經規劃好的慈善路跑賽。

「文祺，我一直問自己，她最想看到我做什麼事？」我在國父紀念館廣場幫吳大哥插著比賽用的布旗，他沒來由的說了一句。

我猜不準大嫂最想看到吳大哥完成什麼，但這一天清晨我在吳大哥身上看到了他自己可能都不知道，不想就此放手倒下的韌性。

吳大哥毅然緊抿著唇，爲待會兒開跑的慈善路跑賽，做最後流程總檢查。

因爲早在被診斷出罹患大腸癌之前，吳大哥已經承諾光仁社會福利基金會，在八月承辦爲身心障礙同胞而跑的「光仁陪你慢慢跑」路跑賽。

他才剛做完一次化療，身子孱弱地沒什麼力氣，一方面還得撐起精神，打理著愛妻將出殯的後事。但他認爲：「已經答應人家的事，而且又是好事，她也絕對不想看我臨時抽手。」

那一天場子很熱絡，吳大哥的兩個兒子到場幫忙，他哥哥也努力分攤工作，參賽跑友來了兩千多人。

「你要保重，需要幫忙的話一定要講。」開跑前我在吳大哥身後聽

吳興傳在ING馬拉松。失去愛妻後，他要自己更強才能帶大兩個孩子。

得很清楚，馬英九總統的一番話。

馬英九總統早在擔任法務部部長時，就與吳大哥成了跑友。這天清晨六點多，總統早早到場，並牽著有智能障礙的陽光青年「偉誌」完成三公里休閒組賽事。

我能想像，總統知悉十餘年交情的友人遭逢巨變時，他有多麼的不捨。總統在大清早現身與其他大型馬拉松相對規模迷你的路跑賽，更能一窺他親身相挺吳大哥的貼心。

總統說了幾句體貼慰問的話，後來又並肩陪吳大哥跑上三公里路，我想應該讓吳大哥將近崩碎的心得到適切的修補。

「文祺，我不會被打倒的」

距離吳大哥被醫師宣告罹患大腸癌整整滿兩年的二〇一一年某個七月天，吳大哥電話中說有事要與我碰面商量。我倏忽一震，心中開始掛慮。

「文祺，我不會被打倒的，你要看著我！」這是碰面後，吳大哥的第一句話。後來我們歡談了一下午，當時空氣中彷如飄著法國香頌的音

吳興傳罹癌又離癌，於是騎車繞全臺走告「運動抗癌」這帖藥方。　（吳興傳提供）

一站又一站，吳興傳與抗癌勇士們汲取故鄉人的鼓勵，繼續推近。　（吳興傳提供）

符。

吳大哥有一個構想，他想組織一群抗癌朋友騎自行車環臺，因此與我討論挑戰的可行性。稍早我們共同的一位朋友謝永照（曾罹患甲狀腺惡性腫瘤）已經投吳大哥一票，預定了一席參加名額。

吳大哥認爲，他走了一趟鬼門關，是跑步、騎車拉他一把回到人間，逐漸走出憂鬱，所以，他很想藉由比跑步更輕鬆一些的自由車環臺，經過每個縣市向全臺癌友們宣傳「用運動擁抱信心與樂觀」這帖抗癌良藥。

席間，我們熱切地腦力激盪。吳大哥設定參與者的條件是曾得過癌症，還必須有跑過長跑或是參加過自由車賽的朋友。我則是建議隊員無需太多，只要有心、容易匯聚共識，應該對環臺期間的團隊向心力有幫助，還能減少風險與不必要的雜音。

我再打了通電話確認永照的決心，他的話語好似閃亮的燭火：「說實在的，我們只是要證明自己活過的痕跡，勇

2011年11月初，即將踏上「抗癌勇士環臺挑戰」征途前夕，吳興傳帶著夥伴們來到行天宮求順遂。 （吳興傳提供）

於接受並對抗病魔，同心協力完成挑戰。途中會面臨多少突發狀況與身體不適我不知道，但絕對是正視自我生存價值的最好時機。」

吳大哥發起過幾次身心障礙者的環臺活動，這次同樣環臺，路線相仿，不過他的身分大不同。除了還是發起人身兼團隊教練，他自己也成爲「同病相憐」共患難的一分子，親身嘗過抗癌的甘苦。

二〇一一年十一月三日，十三位抗癌鬥士在臺北市長郝龍斌送行聲裡，由中正紀念堂出發。

成員包括乳癌的林舫楨、睪丸癌的連國洲、膀胱癌的楊聲遠、大腸癌的陳劉裕、鼻咽癌四期的盧志榮、得了五次癌症的莊啓仁、舌癌四期的詹智閔、大腸癌三期的施慶賢、乳癌的劉芸伽、肺腺癌的陳丕榮與甲狀腺癌的桃金銘。

環臺過程，十三位鬥士用生命寫劇本，把臺灣當舞臺，全臺超過十位縣市首長「讚」出來在路旁聲援。最終，他們用十天騎過一千一百公里路，回到終點臺北。

「我們只是要證明自己活過的痕跡，勇於接受並對抗病魔，同心協力完成挑戰。」

吳興傳發起「抗癌勇士環臺挑戰」，除了體能大考驗，他還得承擔沉重的完成壓力與隊員們的安危。（吳興傳提供）

相約「萬金石馬拉松」見

二〇一二年三月四日「萬金石馬拉松」，東北角披上一層薄霧搭著微雨，浪濤拍岸的交響聲聽起來越發澎湃。這是吳大哥揮別癌症後的第一場馬拉松，有我作陪參賽。

這是我倆在一年多前許下的參賽約定。我之前曾擔心跑四十二公里路，會不會造成他身體過大的負荷，畢竟經過六次化療，吳大哥的身體已非昔日。

不過我也想「賭」一下。

以我對他的瞭解，他爲了這場與我並肩共跑的比賽，必須有好長一段時間來調整體能與耐力，畢竟這是全程四十二公里的馬拉松，而非尋常十公里左右的路跑。往好的方向想，藉由跑步或許能化解一些他思念妻子的心傷。

每天下了班、打點好兩個兒子的飯菜，跑鞋換上了，他便縱身於木柵山上。他勤練的理由很牽強，說是「怕跑輸文祺」。

一年多過後，我們如期地照約定來到萬金石馬拉松起跑點附近的廣場，爲對方在衣服別上代表挑戰全程馬拉松的藍色號碼布；我在手臂也綁上和吳大哥一樣的「擁抱生命爲抗癌而跑」紅底黑字布條。

起跑前，吳大哥還念著：「文祺，你看我的狀態跑不跑得完？」我：「你不要贏我太多就好！」看著今天的天氣，我心裡暗自歡喜，老天應該是想幫吳大哥！

通常又霧又雨，想出遊的人會認爲是壞天氣，然而對於挑戰馬拉松的長跑者而言，卻是很完美的日子。微微的雨剛好能降低身體長時間運動下的高熱狀態，減少熱衰竭的發生，相對又能少一些體能耗損。

好像老天又自有安排。明明一年多前我們就約定一起出發，一起比肩抵達終點，偏偏現場參賽選手接近一萬人，我們在前往起跑點等待槍響的途中，居然走散了。

我焦急地站上一臺摩托車的座椅想在人群中尋找吳大哥，不過，人眞的太多了。

起跑槍響。

「吳大哥，老天會幫你的，那麼我們終點見。」希望他能接收到我的默念。

2012年萬金石馬拉松終點處，我拍下這群抗癌勇士完賽的喜樂。

沿途，我左右回頭探詢穿全身黑衣的吳大哥身影；逢認識的跑友便問是否有碰上吳大哥。

就是沒有他的消息。

「吳大哥身體應該OK吧，有那麼多跑者在身旁，應該不會有什麼狀況！」我邊跑邊胡思亂想。

回程即將爬坡上金山山丘地形路段，我碰到了跑友「阿吉」得知吳大哥在後頭，那是唯一相關吳大哥的線索。

可能是天氣太完美，我的體能狀態出奇地好，竟然沒碰上瀕臨體能極限邊緣的「撞牆期」，推進過程都能保持雷同速度。就這麼順勢，四個多小時我回到終點。

接下來就是等吳大哥出現。

五個鐘頭左右，他也出現在終點，我見他掛上了完成的獎牌。

「水喔，吳大哥！」

「文祺，我還不錯厚，完成了耶！」

「你本來就很強，你是吳興傳啊！」

吳興傳與我在2012臺北24小時超級馬拉松留下夜戰後的一笑。（曾文祺攝）

我們給對方欽佩地擁抱。

就這樣，我倆一年多之前的約定，竟是在出發時錯過彼此，一路茫茫人群中找不到對方，而在終點處熱切擁抱，來畫押兌現承諾的。

頑強的勁草

在初寫〈正面迎擊〉的早上，吳大哥來了電話，「文祺，我想和你分享我的快樂。我最近去做檢查，所有的指數都非常正常，醫師說癌細胞也完全消失了。」這眞是一個讓我很想用力敲鍵盤打稿子的天大好消息！

這就是吳興傳。他像頑強的勁草，捉住水泥牆上微小的隙縫，沒水沒土的，硬要生根。我們也已約好，每年至少一起參加一場馬拉松，未來一起跑下去。

從南極寄來的明信片

夢想鬥士陳彥博——重情意的小子

他好像是一只風箏，正順風高飛時，卻不時回頭探著底下那端的故鄉人；無論名氣有多響亮，來到你身邊時，他始終是一張燦爛的笑臉，最初認識他時，那些純真、搞笑、孩子氣的特質，從未從他身上消失。

06

南極天人交戰裡，彥博還能伸出
手自拍。　（陳彥博攝）

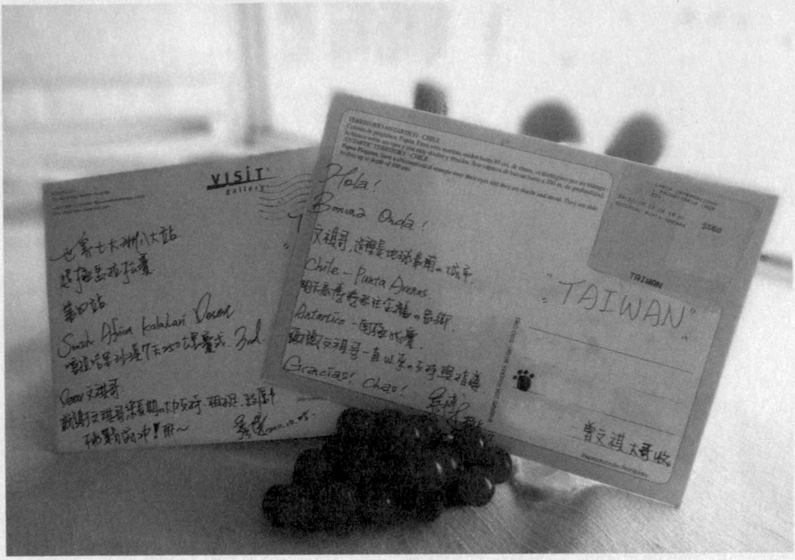

這兩張漂洋過海的明信片，聞得到真情味。（高旻君攝）

一年之內，我收到了兩張漂洋過海、繞過大半地球的明信片，一張靠近南極，來自地球最南端的城市Punta Arenas；一張則是從南非喀拉哈里沙漠寄出，寄明信片給我的人，是極地超級馬拉松高手——陳彥博。

來自遙遠國度的明信片重量如鳥羽，裡頭只有簡短幾句話，讀起來卻是濃濃不盡的情意。

昔日農村社會人與人之間的牽絆既緊密又純樸，簡單地噓寒問暖，交織出濃厚的人情味。在古早情味已淡薄的當今，七年級生的彥博身上，卻保留了惜情的「古」味。

那一張他在二〇一〇年十二月參加「南極冰上馬拉松」時所寄出的明信片，繞了大半個地球，距離寄出郵戳日期半年後，才飄到我的手中。

信裡，他沒提參加南極冰上馬拉松的艱苦，而是分享他要去企鵝故鄉的喜悅。看到他逗趣地寫上他所知道的各國問候語「Hola!」「Bonuna Qnda!」「Chao!」，既

老天給好臉色，這輛飛機趕緊將陳彥博等選手安全送達南極賽場。（陳彥博攝）

顯出彥博充滿創意的新世代用語，也讓我感受到他眞心與我相交的友情。

在網路密佈的時代，一根手指敲打簡訊或是臉書按個鍵，就解決了朋友之間的問候。相形之下，還會提筆寫信的人是異數，因爲我家的信箱這幾年來，只收過各式帳單、宣傳單，當看到這張親筆所寫的明信片時，忍不住會心一笑，心想這小子果然誠意十足，而這張明信片晃蕩了半年才抵達終點，更顯彌足珍貴。

曾經，有一則很成功的咖啡廣告是這樣說的：「再忙，也要和你喝一杯咖啡！」而彥博則是成功地送我另一種溫熱款式的情懷：「再怎麼危險，也要和你分享心情」。那時他在南極大陸西岸聯合冰河（Union Glacier）頂著風暴，承受臉部、左腳大拇指凍傷，才剛跑完「前菜」四十二公里馬拉松，休息片刻，等著要拚接下來的一百公里賽。

深夜裡，我被彥博「抽空」打來的衛星電話給挖起來。他身旁咻咻狂嘯的恐怖南極風，也跟著電話線灌進了我的耳朵。

「文祺哥，我是彥博，我很好，現在風很大，我很累，但是我會挺住的，你放心。」

「彥博，不管怎麼樣，不要逞強，沒有什麼比平安更重要的……」

我怕狂風壓掉了我的聲音，正刻意想拉高音量，話還沒說完就斷訊了。我趕緊上網進入南極比賽官網，在一個南極氣象網站發現，當地科學站發出暴風雪警報。我就知道，這小子果然是在暴風雪中打電話給我，怕我擔心，不敢跟我說他身體受傷與所處的險境，只是簡單和我報個平安。

明明正面臨可能關乎生命的大挑戰之際，他還能心細地想到遠在家鄉臺灣的家人、朋友正擔心他，於是費心利用極寶貴的短暫休息時間，透過衛星電話來安撫大家的憂慮。

「如果這是生命最後一站……，說不會怕，是騙人的。」

南極比賽中，腳印很快就被風雪抹掉。　（陳彥博提供）

冰雪暫存在陳彥博睫毛上。　（陳彥博提供）

北極漫天的風雪裡，陳彥博蹲了下去；數小時後，他奪得第3名。　（陳彥博提供）

若不紮深，南極下坡風就會把帳棚給收走。　（陳彥博攝）

所幸後來彥博成功完成比賽，搭數小時小型飛機安全下撤到智利，我才有時間透過電話問仔細他的狀況，他才如實對我說了身體的「慘況」，雙腳腳趾腫脹、疼痛，臉部、手部明顯凍傷，還沒有好轉，大會人員已經緊急請醫療人員處理，並把他帶到就近醫院做過進一步的檢查了。僅管這時他說來平順，不過，我還是聽得心驚膽跳，就怕原本一個生龍活虎、一表人才的少年郎，要被南極的風雪給削足斷指。

後來，彥博發給了我一封e-mail，出現這麼一句話：「如果這是生命最後一站……，說不會怕，是騙人的。」

天啊！這小子。

我與彥博的交換信件

彥博出國比賽時，我們都會以電子郵件相互關心，有點《交換日記》的趣味。就來截錄一些我們之間的e-mail對話，讓大家更認識這個新世代的出色運動員。

南極的單純，會直通你心。　（林義傑攝）

時間點：挑戰二〇一一南非喀拉哈里沙漠七天六夜超級馬拉松。

文祺：你堅決的意象感染了很多人，包括我，你放心你的心地好，天公伯有在看，記得以完成比賽當門檻就好，不要太PUSH自己。

我們一家會替你祈福。

彥博：嗚啊～感謝文祺哥的關心＞＜…（一把鼻涕一把眼淚壓）

彥博一定會注意安全的。

文祺：彥博啊！

祝你快樂地跑、用力地跑，最多只准有一滴滴小傷就好喔！

我在十月九日也要去跑一場五十公里的比賽，和你比起來差很遠，不過，我們都要努力跑到終點啊。

等待你回家相聚那一刻。

陳彥博在北極點拍下大自然的畫作——冰縫。　（陳彥博攝）

彥博：在攝氏四十～四十八度高溫熱環境的挑戰，不免還是充滿不安，提心吊膽。七天的比賽裡第四天七十二公里是最大難關，除了荒漠、草原、還有爬峽谷的地形，對身體負荷是一大考驗，不過我想只要咬緊牙關能夠撐過第四天，後面就一定可以完成比賽的。

彥博：比賽前我被捉去醫院打破傷風針還有吃瘧疾的藥耶，主辦單位提醒選手下午與晚上的蚊蟲會特別多，選手如果當天沒有到達休息站，在外就一定要注意自身安全，嘿，我還特地買了面部防蚊蟲罩來預防，好笑厚！

文祺：等回來我們再拚一頓薑母鴨，蝦款？雖然要認真，不過，你不要給我太拚命喔。

彥博：感謝文祺哥的關心與鼓勵啦，彥博一定會盡最大努力完賽！！！好緊張～好緊張啊～

零下四十度，陳彥博心繫著的是
等待他的家人，還有故鄉臺灣。

此刻，南極的陽光很寶貝，小小的帳棚總算能吸收一些暖意給棚內的選手取暖。（陳彥博攝）

彥博就是這麼有趣又樂觀的年輕人，無論他處在什麼挑戰環境，他總是充滿活力。而那場喀拉哈里沙漠賽，陳彥博以第三名佳績獻給過百年生日的故鄉臺灣。回來了，他的小小願望就只是請媽媽在泡麵裡打個蛋，放幾片青菜。

他好像是一只風箏，正順風高飛時，卻不時回頭探著底下那端的故鄉人；無論名氣有多響亮，來到你身邊時，他始終是一張燦爛的笑臉，最初認識他時，那些純真、搞笑、孩子氣的特質，從未從他身上消失。

陳彥博：「只要回頭，爸媽都會在那看著我。」（陳彥博提供）

彥博回來了，我們一家跟著陪吃飯。（潘瑞根攝）

重情的固執小子

有一回彥博去了北極。我有機會遇上陳媽媽和她聊天，聊著聊著，陳媽媽說到了關於彥博很不願家人擔心，偶而會「隱瞞」危險的執拗脾氣。

陳媽媽：「彥博很堅持自己想做的事，不願依靠我們。像他要摩托車，就去中影文化城擔任救生員打工賺錢。有一次他臉色『青筍筍』的，我逼問他才說：『我剛才救了一個溺水的女生』，眞是嚇死我了！」

彥博由北極回來了，我問他救人那件事，他像小孩做了不乖的事被逮到似的解釋。原來他就讀國立體院（現在的國體大），往返家裡需要一臺機車代步，領有救生員證照的他，便到中影文化城當救生員。

他剛到中影打工不久，就出事了。有一天他看見一位女孩溺水，身子漸漸下沉，他不假思索跳入泳池中搶救女孩。

陳彥博回憶：「救她的時候，我一度覺得自己也快爬不上來了！」

那位女孩被彥博拉上岸後，馬上由其他兩位救生員接手施以人工呼吸急

陳彥博回國記者會，人氣旺旺旺。（曾文祺攝）

救，當時她臉色翻黑，耳、鼻已流出血。千驚萬險幸好有彥博的相救，把女孩的命保住了，他後來還去探視過她。

幾個月後，輪到彥博的恩師潘瑞根老師也跟我說一段彥博的故事。潘老師：「十月初我的心導管裡有一支支架出問題，我住院三天接受檢查，彥博就整整陪了我三天，中間還要抽時間去準備去南極的東西。小傑（林義傑）也來了好幾趟。」

那陣子其實正是彥博忙著準備南極超級馬拉松，處處碰壁苦於找贊助商的時刻。他不讓老師知道他的難處，所以在醫院那三天，他繼續在老師面前扮演他從高中至今沒人能搶走的開心果角色，想讓病痛中的恩師好過一點。

後來，彥博從南極回來了，輪到我跟他回述醫院那一段，「潘老師很心疼你耶！」

「文祺哥，你知道的，潘老師是我的『再生父母』，我不能沒有他。」

彥博眼眶泛淚，他說在醫院那三天，極度擔心潘老師若「有個萬一」那該怎麼辦。「那天看著老師被推進手術房那一刻，我好擔

潘瑞根老師：「能有義傑、彥博這兩個學生，已超越當初當老師時給自己的期待，一生無憾了。」 （潘瑞根提供）

心。我覺得自己好懦弱，我告訴老天：『我願意替代老師的痛苦，來換取老師好起來』。」

我對彥博說：「即使老師躺著被送進手術房，他也看到了你對他的不捨，那就是你給他的非得要好起來的力量，老師都知道。」

「眞的嗎？文祺哥，我那時好怕，我心裡還一直求著菩薩，一邊默

我陪著林義傑、陳彥博在很陡的風櫃嘴山路練跑。　（潘瑞根攝）

念給老師聽。我說：『老師，很高興您收我這個學生。如果您萬一有什麼的話，一定要記得，我永遠都是您的兒子啊！』」

「傻彥博，講那個。你還欠老師很多，他怎麼可能說走就走。」

術後，待學生如子的潘老師越發勇健。

彥博二〇一二年三月前往奧地利移地訓練之前，還被潘老師親自督導山訓。有一段他放在臉書上的影片笑垮一堆親朋好友，裡頭的他氣喘吁吁地快趴倒在山沿的階梯上了，而他快累倒的原因出在，他是揹著潘老師跑階梯的。

在我看，彥博除了帶著世上少有的心理堅韌度勇闖極地，另一面就是因爲「感情用事」，方能熬過那麼多挑戰。

根據研究，人體有百分之七十是水分構成的；而我認爲彥博身上有百分之九十以上，是用他與家人、恩師之情所拼裝成的。

內側三車道
0146

後記

染上「跑馬症」

曾文祺

我得了「跑馬症」，癮頭是享受身兼記者與馬拉松選手的特殊身分。（臺北跑者提供）

電視新聞裡一位阿嬤被記者堵著麥克風問，養育二十多年的孫子行搶被逮的心情，阿嬤嗚咽說：「伊就是交到歹朋友，被帶壞啦，伊本來揪乖耶，可憐，我的阿孫。」

我會心一笑。並不是我沒同情心，也非我交到壞朋友。我只是因而聯想到，我就是結交到林義傑、陳彥博、吳興傳、邱淑容、五百馬夫妻黃政德與羅苔華等「苦肉朋友」，才被傳染了「跑馬症」——一種不跑馬拉松會死的症頭。

我可以很氣慨地說，能跑完正規四十二・一九五公里馬拉松的人很了得，他們身上都散發一種自信的光暈。

而我也在裡頭，多虧了我的苦肉朋友們。

因爲採訪工作的關係，得以認識那群用雙腳闖天涯的朋友，又得他們的緣，結出更深的友情，所以每回看他們比賽時那種「享受痛苦」的過程，我完全沒有「那麼苦幹嘛」、「有必要這樣跑嘛」的問號，反倒是認同跑馬這件事，進而設想「來吧，自己也來下來跑試試看」的上「馬」徵兆。

如果我也能跑馬拉松，那我應該更能瞭解到選手力拚長跑的甘苦，

林義傑偶而會拉我爬山，不過是用跑的攻山頭。（林義傑提供）

更能體會傳說中體能到達極限時的「撞牆期」感觸。如此一來，我在下筆抒寫人物新聞時，就更能觸碰到選手心靈層面的感受。

「你下來啊！」有時這些「馬友」也很皮，會故意在跑道上對我「下戰帖」想激出我的GUTS，要我也下場跑馬。

對於運動本來就充滿狂熱的我，豈能不接下武林帖！

眞正「撩」下去跑馬前，我剛前往採訪世界五大馬拉松之一的二〇〇四紐約馬拉松，呼吸到滿腔馬拉松所帶來的魅惑，那年我與很照顧我的好姊姊姿瑛一同前往。她是轟動國內體壇的ING臺北國際馬拉松、富邦臺北馬拉松的催生者之一。

登臨饒富傳統的紐約馬拉松，我這個打算備戰跑馬的傢伙，先開了「馬場」的眼界，見到紐馬的三大奇景——炮、騷、脫。

通常馬拉松賽事都是以鳴槍（運動賽事專用只有聲響的槍）爲起跑的聲號，但是紐馬走自己的風格，以「鳴炮」，充滿震撼的鳴放禮炮方式引爆起跑。

再來，紐馬也很「騷」。跑者多半習慣在起跑前先上廁所出清一下體內的水分庫存，讓接下來長跑能輕盈一些，開跑前成千上萬人聚集在跑道上，即便運來五百個流動廁所，也無法消化想要方便的人龍。來自全球三萬多名選手，起跑前若來不及排進廁所隊伍等解放，便選擇衣物一遮、姿勢一擋就在起跑點就地尿尿，而且男男女女都一樣。這強烈的畫面「騷味」十足。

脫，即是脫掉，脫得起點散落一地選手的衣服。這畫面真的很適合杜德偉的那首「脫掉脫掉統統脫掉」。由於十一月初的紐約氣溫只有攝氏五度左右，參與馬拉松的選手起跑前多數會穿上外套禦寒，不過起跑後循環加快會越跑越熱，所以很多人在一開始就扔下外套，或是邊跑、邊脫、邊丟；以至於所有選手衝出起跑點後，出現滿地及沿路散落一地的各式外套，接下來就是當地黑人藉機搶衣服的情景，撿回去的外套不外乎是自己穿或是當二手衣賣。

看完了紐馬的起跑三大奇景，再跳到終點處。包括我在內，國際媒體們都會在終點等著最後的冠軍跑者衝線而出，然而震驚、荒誕的一幕發生了。

當時紐約市長彭博與冠名贊助賽事的老闆興奮地各拉著一端終點布條，等著冠軍者來衝線。就在最緊張，冠軍跑者已竄出來即將接近終點時，彭博咧著白牙開心笑著迎接；頃刻問，南非的冠軍選手拉馬拉竟沒衝向布條，而是閃開布條鑽到側邊來衝線。在場驚呼聲四起，拉著布條的彭博也一臉尷尬。

賽後記者會我向拉馬拉提問，他坦率地回答：「我看到『白人』站在終點那邊，我不敢衝過去，我怕會不禮貌得罪他們，所以才往旁邊

2011開廣盃50公里。長跑會浮現飛起來的快感，不信你跑跑看。　（攝影師林正堃攝）

衝。」

他說來如此卑微。我的心不捨地揪了一大下。原來黑與白之間的平等，對某些人來說還是有一段距離。

拉馬拉的衝線軼事是題外話。最重要的是我看到超過三萬五千名跑者從起點史坦登島經過著名布魯克林大橋跑抵中央公園的沿途獲得兩百多萬名觀眾夾道歡呼，我當下又想起那群「苦肉朋友」三不五時要我拿出氣魄下來跑的畫面。

於是，我展開了跑馬人生。

跑馬人生序曲

從下決心自我訓練挑戰馬拉松，一直到二〇〇五年完成生平第一場正規四十二公里「全馬」（全程馬拉松）的過程，說實在的，我沒有經歷一些跑友「剛開始跑幾圈操場就累斃了，曾經想放棄……」等等的含淚（也可能是汗水啦）奮鬥史。

我有軟式網球、桌球校隊的底子，對於「運動細胞」與耐力也頗為

華沙馬拉松。Run happy 是我這種中後段班的馬拉松選手最高原則。

自豪，所以基本上要拉長跑步距離，大抵是吃得消的。即使一路練習上難免有跌撞，身體出現一些狀況，大多也能撐過。加上我的優勢是擁有一群正港馬拉松高手的朋友，所以，只要練習時碰上疑惑，一通電話他們都願意把練就而來的秘笈傳授給我，義氣地教我撇步，大大助我減少錯走的路。

沒有什麼柳暗花明的曲折，我便悄悄地躋身馬拉松選手之林。

當然，我是志在完成自我挑戰，而非征戰名次，比賽限時五個半小時，我是跑四個半小時前後，「中後段班」完成比賽的那一種選手啦。

根據家人形容，當初我跑完人生中的第一馬後整個人「青筍筍」，被太陽連曬幾小時後，簡直像從沙漠返回的人乾；那時一位大叔朋友還補了一把冷箭：「你這樣跑太慢啦，換做是我，大概兩個半小時就回來了。」

兩個半小時？那可是高手中的國手級才能達到的境界。大叔說得高興，而氣力游絲的我，得以順適抵達終點，被戴上想望數年的完成獎牌，也就心滿意足了。

我很喜歡臺語天后江蕙《家後》的其中一句歌詞「希望一切就會凍

順適」，那「順適」兩個字。順適，恰似無聲的，淡淡甘甜的平順；順適，就是我挑戰每一場四十二公里馬拉松的唯一競賽準則。

我不求快。我跟一些要好的跑友硬掰我之所以跑在「中後段班」的理由：不想太早浪費掉報名費。

在國內，通常一場全馬的報名費約七百至八百元左右。如果三個小時跑完，那平均一小時就要兩百多；而我四個多小時結束，一個小時才一百多。而且跑慢一點，沿途能多吃一點補給巧克力，好一點甚至喝到蠻牛等高檔貨，賺卡多啦。

如果參加國外的賽事，報名費甚至還破兩千，你一下跑完根本沒認眞看到當地沿途風光，那不是虧大了，況且還有旅費沒算在內。

以上是我的歪理一堆，意在自我肯定就好，但求順適啦。

寫這篇「跑馬症」，最想傳染給大家的是：我很享受自己能身兼記者與馬拉松選手的特殊身分。

場上，我開心跑著，身爲馬場一份子，汲取著跑者們起跑時熱鬧滾滾的氣氛，及最後階段疵牙咧嘴的最眞實表情。而完成比賽後，我即刻變身爲第一線記者，敲打今天身臨其境的比賽稿子與撰寫參賽者的人物故事。這過程像不像超人找一座電話亭變身，然後衝鋒陷陣解決問題，

波蘭首都華沙，電車嘟過跑者身旁頗有妙趣。
（跑者畫家劉庭易攝）

如同用腳跑過柏林，我認為參加海外的城市馬拉松是很棒的逛街方式。

轉瞬又變回記者的樣子？不過，我可不是趕著去救人，而是趕著去跑步。

這與我過去純粹當記者時，只看到一大堆人跑出起點，等著黑人選手衝線拿金牌的模式，在視野上有天差地遠的不同。

開始跑馬之初，我曾得到一位跑友的回應：「文祺，你本身是跑者，所以你知道箇中滋味，你寫出了我的心情！」後來，我聽到越來越多類似的呼應，聽了甘甜蜜滴，就更銘心感謝苦肉朋友們拉我進「馬場」（馬拉松賽場），果眞受用不盡啊。

漸漸地，許多跑友碰上我時多半會問：「麻薯（我的綽號），你下一場比賽是哪一場？」

即使只有簡單幾句問候也很窩心，代表眾家跑友已把我視爲同一國，跳脫出過去記者與跑者之間藏有絲絲芥蒂的關係。我想身爲體育記者如果可以深入「民間」，寫出來的文章更能貼近讀者的心。

我的跑馬上癮症

跑馬其實會讓人上癮，我曾在國外幾場馬拉松比賽中，縱情浸淫於賽道裡，而心靈稀罕的進入了「香檳色的境界」。那是一種飄飄然，飛起來的奇妙感覺。且來說說幾場讓我追憶起來都還很迷醉的比賽。

二〇〇七年九月，我得到臺灣馬拉松完跑紀錄保持人，也就是馬拉松界的大前輩黃政德邀約，與四十多位「臺北跑者」的成員，飛往東歐會一會極富盛名的波蘭華沙馬拉松、柏林馬拉松。

過去我印象中的波蘭，是經過二次大戰摧折，奧斯威辛集中營、戰火遺留的焦土等等濃縮苦楚的境地。

直到我用雙眼探訪，以雙腳繞了首都華沙一圈，我才驚覺，戰爭的痕跡只是這悠久國度的一瞬間歷史。波蘭還是波蘭，做給聖誕老公公爬進煙囪的童話般房子，蔥綠的針葉林，有著雀斑和善的人民，才是現在眞正的版本。

已經有三十多屆歷史的華沙馬拉松就是讓外人瞭解他們的特級教材。

起點開始的第一段路繞著古城巡道，彷彿讓我進入童話世界。教堂的鴿子騷動地群起，鐘聲敲響，鵝卵石砌成的地面一幕幕浮現，我根本不是來比賽的，而是像個觀光客把散步的腳步加快爲跑步罷了。

選手受到尊榮對待，俊帥的波蘭軍人都向你致敬。　（劉庭易攝）

一下子邁過楓紅夾岸的大橋，法國梧桐斑白軀幹構成的大道相迎。我沿路呼喊，和民眾擊掌，讚嘆一切的不可思議。

很夢幻，是不是？

「咦！有陷阱。」持續跑了一個多小時，我發現腳底有點痲痲的。越想越納悶，直覺身體狀況不賴，腳底不應該有痲的反應，直到被一顆較為凸出的鵝卵石給絆了一下，我才領悟。古城的地面全由鵝卵石鋪成，地面看似僅微微凸起一點一點，跑久了才知死活。

華沙政府挺沒意思的，辦比賽要跑者賞古城的立意很棒，但又何苦讓大家邊跑邊腳底按摩，一路跑得腳發痲。

不過，就在十多公里後，繞出了古城轉為尋常的馬路，一切就恢復正常了，而且接下來童話裡頭所有的歐洲中古風人情味眞實呈現，還讓我「吃到飽」。

我們常常啃蘋果，但如果做個民調，我看曾「看過蘋果樹」的人，應該是很稀有。就在我跑出華沙城外悠哉賞景同時，路旁就有一大片比人還高一點點，一棵棵掛滿紅亮亮果實的蘋果樹，還眞像掛著燈飾的耶誕樹。

不知道是不是我的眼睛透露了我想吃蘋果的渴望，我突然聽到身後一連串「哈囉」，慢下來回頭看，是剛才視線裡那位正在固定果樹支架的蘋果媽媽。她蹣跚地跑過來，往我的手裡塞了一個紅通通的蘋果。

哇！鄉下特有的人情味，原來華沙也有。我用力抱了抱蘋果媽媽，道謝之後繼續上路。

沒錯，如你所想，我心中極度掙扎著該不該吃下這顆愛心蘋果。不吃，沿路拿著不太好跑；啃了，眞是捨不得。最後讓我連蘋果心都吃進肚子的原因，是我發現旁邊的選手都在覬覦了。他們頭上冒著周刊樣的設計對白：「怎麼那個背號『1346』的亞洲小子有蘋果，我沒有？」

我說華沙是童話城，很大部分被我誇讚的原因，在於主辦單位祭出了美人計。兩位穿著中古世紀蓬蓬裙的水粉粉姑娘，端著裝了運動飲料的茶杯，嬌羞地遞給跑者，我當然要停個三、四秒，接受姑娘款待順便陪笑，增進兩國邦交。

還可見一些小朋友們就在家門前的賽道旁，手捧淺淺的大盤子，上頭擺著可能是媽媽切成丁狀的巧克力，微微羞澀地讓選手取用來補充熱量。

遇見楓紅的鄉間小路，是意外的收穫。　（曾文祺攝）

掛上華沙馬拉松完跑獎牌，姿勢還可以嗎？
（臺北跑者提供）

微酸的高麗菜裹牛肉，是參加華沙馬拉松額外的犒賞。（曾文祺攝）

在一所波蘭小學得到小朋友們純真相待。　（曾文祺攝）

喝到這兩位水姑娘送上的運動飲料，一時之間如啜飲紅酒，飄飄然！　（劉庭易攝）

一口塞入，頓時滿嘴苦味，是我從沒吃過的苦巧克力。還好小傢伙們沒看見我揪成一團的臉。關門時間是五個半小時的華沙馬拉松，我跑了四個小時四十九分，跑慢的理由是：誘惑太多了。

體驗德國柏林馬拉松

結束華沙馬拉松後，臺灣來的「臺北跑者」團搭巴士西行，繼續前往德國備戰「世界五大馬拉松」之一的第三十四屆德國柏林馬拉松。

比起三千人參賽、精緻有中古世紀味的華沙馬拉松，有四萬人前來朝聖的柏林馬拉松，就如同在臺北小巨蛋或是紐約洋基球場，上演的殿堂級演唱會。大抵上而言，國際馬拉松只有全程四十二・一九五公里唯一比賽項目，因此來自全球的柏林馬參賽者，都具備完賽的能耐。

近年每屆柏林馬拉松的四萬參賽選手，全是由全球三十萬

柏林馬拉松起跑盛況。　（劉庭易攝）

報名跑者從電腦隨機抽出來的，中籤率不到八分之一，因此我們能從臺灣來到這裡，眞是很幸運。

打從出發開始，柏林馬拉松就給參賽者一個貼心的安排。選手不用擔心起跑時數萬人擠在一塊的狀況，因為主辦單位早已依據你報名時附上的個人最佳成績，把實力接近的選手一一安排由A區至L區，再相隔固定的時間，一區接一區放行出發。

我是E區那一群，身旁都是四個多小時實力的中段咖，所以速度接近，甫出發通過代表東西德分裂與統一象徵的布蘭登堡，暢快感就上身。

我很愛Christopher McDougall的名著《天生就會跑》（Born To Run）裡頭一段描述長跑時身心靈昇華的感覺：

「放鬆到一定的程度後，身體適應了搖籃般的節奏，你會幾乎忘記自己正在跑步。一旦到達了那彷彿飛了起來的柔和境界，月亮和香檳般的浪漫隨之浮現。」現在，我就置身於「飛起來的香檳色境界」裡頭。

在德國北境某個小鎮餐廳喝咖啡，還額外獲贈窗外美景。（曾文祺攝）

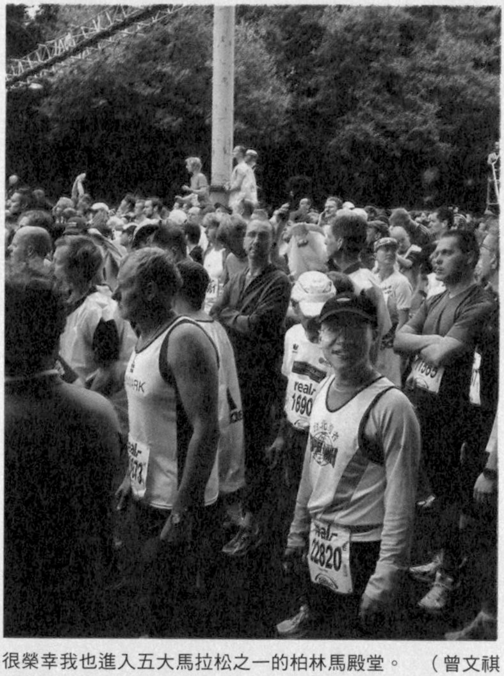

很榮幸我也進入五大馬拉松之一的柏林馬殿堂。（曾文祺提供）

原以爲夾道滿滿加油群眾只是一開始的盛況，沒想到人群一路綿延，而且還有插曲。

一位老先生推著輪椅帶身障的兒子來看熱鬧，我情不自禁地過去與父子倆握手，傳答他們送我的感動。觸景思情，我想老先生的餘生將會一直伴著兒子，那一生一世的親情，就在賽道旁感動上演著。

柏林馬拉松的完成獎牌沉甸甸的，很有分量。　（臺北跑者提供）

一波接一波，手持各國小國旗的民眾們，把場子裝飾得炫麗繽紛。

忽然，熟悉的語言由遠而近傳進我的耳朵。

「加油！」「臺灣加油！」

原來是「柏林臺灣同學會」的旅德臺灣囝仔們，揮動二十餘面國旗，爲大家加油。足感心啊！難得異地喜逢故鄉人，我慢下腳步，劈哩啪啦的落國、臺語寒喧。一時之間，他們讓我有股爲臺灣而跑的激情。原來，我們這一群人，也做到了「國際盛宴，臺灣不缺席」的任務。

再跑到了威廉大教堂與繁華表徵的選帝侯大街等名勝，我的腎上腺素持續高張，特別是絡繹不絕的可愛德國小朋們說著德語爲你加油的童稚盛情。

他們的熱情當然要回應，於是與小朋們一一擊掌。每一次啪的響聲，就是一張滿足的小笑臉透入我眼簾，層層疊疊組合成我持續跑下去的精神巧克力。

我跟著轉進了原本夜裡才會響起的音樂酒吧街。這條街上的各家樂隊，把舞臺延伸到路旁，大白天相互尬著招牌樂曲爲跑者伴奏。樂師們用輕快的眼神看著我，或吹著薩克斯風，或敲打著巴西鼓，哼唱巴薩諾

臺灣加油！旅居柏林的故鄉人為我們呼喊。（劉庭易攝）

瓦、瓦倫西亞情歌，彷彿世界太平般的歌舞昇平。

藉由柏林馬，讓我來遊說大家跑馬的迷人之處。

相信很多男生從小到大看了運動轉播，或多或少都有一點點「如果我是裡頭的運動員」類似的憧憬。

跑馬就是那麼迷人的運動，可以成爲眞正的選手，甚至與世界最頂尖的高手同場。雖沒辦法說成「同場較勁」，至少同場是事實。

馬拉松的世界最快成績，是由衣索匹亞長跑健將蓋伯塞拉西在我所參賽的那一屆柏林馬，以兩小時〇四分二十六秒創下的。隔年，這位世界巨星又在柏林馬將自己的宇宙無敵成績推進到兩小時〇三分五十九秒。我也可以臭屁地說，那一年，我與馬拉松天王蓋伯塞拉西同場，還見證世界第一成績。

所以說，馬拉松可以圓你、妳的選手夢。

一路飛跑在香檳色的境界裡，我用四小時四十分，拿到了世界五大馬拉松其一的「認證」——柏林馬完跑獎牌。

這些是我一部分海外馬拉松完成證書與獎牌，名字還上德國報紙喔。（曾文祺攝）

向我的「苦肉朋友」們獻上敬意

現在我比較擔心的是，一直想把我調教爲三個半小時馬拉松選手的潘瑞根老師（林義傑、陳彥博的恩師），如果看到我這一篇悠哉跑馬，說了一堆爲什麼要跑四個多小時的理由，一定會念我摸魚、打混，恨不得把我拉進成淵高中田徑隊集訓。

說眞的，動筆寫這一篇故事，是要向我的「苦肉朋友」們獻上敬意。是他們拉我跑馬，賦予我將生命彩繪上香檳色的動能，讓我擁有多彩人生。我其實是生平無大志的人，只冀望終老之前，能集滿百場馬拉松。

就在此刻動筆的同時，馬場大前輩黃政德正徜徉於東歐塞浦路斯的中南部度假海港，剛完成Limassol馬拉松。他的生涯已累積嚇死人的「293」馬，並預計在歐洲遊歷半年，將跑馬里程推進到三百馬。黃大哥大大用臉書贈言我：

「現在沒有百馬沒有關係，那是目標，朝著目標邁進，或許未能達成，至少過程中，我們不會迷失方向或怠惰。」

甘夏啦！我親愛的苦肉朋友。

二魚文化　閃亮人生 B032

玩跑人生

汗水淚水作伙流的生命進行曲

作　　者／曾文祺
責任編輯／劉晏瑜
美術設計／蔡文錦
副總編輯／黃秀慧

出 版 者／二魚文化事業有限公司
地　　址／106臺北市大安區和平東路一段121號3樓之2
網址　www.2-fishes.com
電話　(02) 23515288
傳真　(02) 23518061
郵政劃撥帳號　19625599
劃撥戶名　二魚文化事業有限公司

法律顧問／林鈺雄律師事務所
總 經 銷／大和書報圖書股份有限公司
電話 (02) 89902588
傳真 (02) 22901658

製版印刷／彩峰造藝印像股份有限公司
初版一刷／二〇一二年六月
ISBN　978-986-6490-71-2
定　　價／二八〇元

題字篆印　李蕭錕

國家圖書館出版品預行編目(CIP)資料

玩跑人生：汗水淚水作伙流的生命進行曲 / 曾文祺著. -- 初版. -- 臺北市 : 二魚文化, 2012.06
208面 ;21.5×14.8公分. -- (閃亮人生 ; B032)
ISBN 978-986-6490-71-2(平裝)

857.85　　101011950

特別感謝

冒險家林義傑、「超馬媽媽」邱淑容、「夢想鬥士」陳彥博、
好友吳興傳、潘瑞根老師、蕭國偉教練、陳篤恭先生、
章大中導演、畫家劉庭易、攝影師鄭任南……

非常感謝各位好朋友提供照片，讓這本作品更有生命力。

二魚文化